Chère lectrice,

Que ce mois de mars, traditionnellement placé sous le signe zodiacal du Bélier, s'ouvre sur un *Coup de foudre explosif* (1261), voilà qui ne vous étonnera pas ! Et ce feu d'artifice d'énergie et de passion ne fait que commencer : *Une audacieuse méprise* (1262, un roman signé « Chambre inconnue ») promet à Cassie une longue et belle nuit… mais pas avec l'homme qu'elle croit. Frissons exquis garantis pour qui transgresse un interdit… Retrouvez les copines de South Village avec la célibataire du mois, Nicole, et l'homme qui ne voudrait pas craquer pour elle mais ne va pas résister, bien sûr, dans *Quelqu'un à aimer* (1264)… Attendrissez-vous devant Becky qui s'apprête à aimer pour la première fois et qui pense vaincre sa peur en demandant des « leçons » à l'ami d'enfance de son frère (1265, *Le premier amant*)… Pour les inconditionnelles de la signature « Un bébé sur les bras » — et je vous sais très nombreuses ! —, *Papa, mari et tutti quanti !* (1263) apporte son lot d'émotions fortes, de sourires et d'amour fou.

Et naturellement, la saga des Barone et des Conti se poursuit. C'est Gina Barone qui est à l'honneur, cette fois-ci. La responsable de la communication de *Baronessa* va devoir supporter la présence d'un rival… aussi dangereux que séduisant… (*Les feux du désir*, 1266).

Bonne lecture et heureux début de printemps aux femmes Bélier, et aux autres, bien sûr !

La Responsable de collection

Coup de foudre explosif

MAUREEN CHILD

Coup de foudre explosif

COLLECTION ROUGE PASSION

Cet ouvrage a été publié en langue anglaise
sous le titre :
THE LAST SANTINI VIRGIN

Traduction française de
CAROL MONROE

HARLEQUIN®

est une marque déposée du Groupe Harlequin
et Rouge Passion® est une marque déposée d'Harlequin S.A.

Originally published by SILHOUETTE BOOKS,
division of Harlequin Enterprises Ltd.
Toronto, Canada

Photo de couverture :
© IMAGESTATE

1.

— Remontez *immédiatement* cette main, sergent, menaça Gina Santini.

Le sergent Nick Paretti eut un petit rire, puis, avec une lenteur calculée, remonta sa main le long du dos de sa partenaire.

— Allons bon, princesse, que vous arrive-t-il ? demanda-t-il d'un ton narquois. Je vous rends nerveuse ?

Nerveuse, pensa Gina, relevait du doux euphémisme.

Cela faisait maintenant près d'un mois qu'elle passait trois soirées par semaine dans les bras de cet homme et, inutile de le nier, son problème s'aggravait de jour en jour.

Ce n'était pas tant l'arrogance de Nick qui l'ennuyait, non, c'était plutôt l'indéniable attirance physique qu'elle éprouvait pour lui. Or franchement, se disait-elle, quelle idée de se mettre dans des états pareils pour un homme qui, de toute évidence, avait décidé de la faire tourner en bourrique.

— C'est plus fort que vous, vous êtes encore en train d'essayer de diriger, railla celui-ci de sa voix grave, qui, comme toujours, fit frémir Gina des pieds à la tête.

C'était vraiment trop injuste, pensa-t-elle, de réagir si violemment à une simple voix.

Elle releva la tête pour pouvoir défier son partenaire du regard.

— Je n'éprouverais peut-être pas le besoin de diriger, si vous étiez capable de vous souvenir des pas.

— Et peut-être que j'arriverais à me souvenir des pas, si vous ne passiez pas votre temps à changer de rythme.

Gina inspira profondément et s'obligea à compter jusqu'à dix. Puis jusqu'à vingt. Inutile : elle se sentait toujours aussi exaspérée. Elle essaya de libérer sa main droite de la poigne de fer de son partenaire... Peine perdue.

Dire que ces cours de danse lui avaient paru une si bonne idée lorsqu'elle avait décidé de s'inscrire...

Oui mais voilà, comme aurait-elle pu prévoir qu'on allait lui assigner pour partenaire un spécimen masculin aussi exaspérant.

— Ecoutez, sergent, je...

— Nick, rectifia-t-il d'un ton suave, avec un grand sourire.

— Va pour Nick, répondit-elle en essayant de paraître aimable. Je disais donc... ces leçons nous coûtent une petite fortune à l'un comme à l'autre, alors ne croyez-vous pas que nous devrions plutôt unir nos forces pour tâcher d'en tirer le meilleur bénéfice possible ?

— Voyez-vous, princesse, j'ai l'impression de remplir ma part du contrat. Nos problèmes commencent quand vous essayez *vous aussi* de remplir *ma* part du contrat.

8

Bon, admettons, reconnut Gina pour elle-même, elle éprouvait peut-être en effet quelques difficultés à accepter de se laisser guider. Mais ça n'était pas une raison pour se laisser marcher sur les pieds, au propre comme au figuré.

— Entendu, dit-elle, je vous promets de faire un effort. Par contre, je vous serais très reconnaissante de bien vouloir essayer de ne pas m'écraser les orteils.

— Que voulez-vous que je vous dise, si vous n'aviez pas de si grands pieds...

Gina se raidit, piquée au vif. Etait-ce sa faute à elle si elle n'avait pas hérité des minuscules et ravissants petits pieds de sa mère ?

— Croyez-le ou pas, dit-elle d'un ton pincé, mais personne, jusqu'à présent, ne m'a jamais paru avoir la moindre difficulté à éviter mes orteils.

Elle jeta un rapide coup d'œil autour d'eux, aux autres couples qui semblaient glisser sans effort sur le parquet de bois ciré.

— Quoi qu'il en soit, ajouta-t-elle avec un soupir, vous ne croyez pas qu'on devrait pouvoir éviter de se chamailler à chaque leçon ?

— Tout à fait d'accord avec vous, princesse, répondit-il avec un sourire ironique. Dans la mesure où vous admettez une fois pour toutes que c'est moi l'homme, et que je suis donc supposé vous guider.

Gina leva les yeux au ciel. Qu'allait-il faire maintenant ? Se marteler le torse de ses poings pour lui jouer « moi Tarzan, toi Jane » ?

— Eh bien, vous vous sentez prête ? demanda le sergent lorsque les premiers accords de la valse suivante résonnèrent dans la grande salle autour d'eux.

— On ne peut plus prête.

— Alors on est parti !

Il s'immobilisa un instant et Gina le regarda écouter la musique pour s'imprégner du rythme. Puis il prit une profonde inspiration et se lança, l'entraînant vers le milieu de la piste.

Il exécuta une première figure impeccable et la gratifia d'un sourire éblouissant.

Heureusement, pensa Gina, qu'il ne souriait pas trop souvent : ce sourire avait le don d'accélérer brutalement son rythme cardiaque... ce qui l'exaspérait au plus haut point. Aucun homme ne lui avait jamais fait un tel effet.

Ç'avait commencé dès le premier jour des cours, au moment où le professeur de danse les avait désignés comme partenaires. Depuis, l'attirance de Gina pour le beau marine n'avait fait que croître... en même temps que son exaspération contre elle-même pour cette déplorable vulnérabilité.

Inutile de le nier, il y avait danger. Et un danger sérieux.

Gina aspira à fond et décida de se concentrer sur les figures de la valse, au lieu de se perdre en vaines élucubrations.

— Vous savez qu'on commence à plutôt bien se débrouiller, murmura Nick à son oreille, de sa voix grave et sensuelle qui, elle aussi, avait le don d'accélérer brutalement le rythme cardiaque de Gina.

— Un peu présomptueux, non ?

— Allons, ne gâchez pas notre plaisir. Un peu d'autosatisfaction n'a jamais fait de mal à personne, et tous les psy s'accordent à dire que « penser positif » est essentiel pour réussir.

Il trébucha à cet instant précis et Gina se retint de lui faire remarquer qu'il s'était peut-être réjoui trop vite.

Pour la énième fois depuis le début du cours, elle se demanda ce qui avait pu pousser son partenaire à s'inscrire à ces cours de danse. Elle, bien sûr, avait une excellente raison : elle adorait danser. Du moins elle avait toujours adoré danser, jusqu'à maintenant.

Nick Paretti, en revanche, représentait un mystère. Ce grand type somptueux, digne de figurer dans une publicité pour les marines — le corps d'élite de l'armée américaine — avec ses cheveux coupés en brosse et sa carrure impressionnante, lui aurait semblé davantage à sa place sur un champ de manœuvres que dans un cours de danse de salon. Le combat, oui, la valse, non.

De toute façon, militaire d'élite ou pas, elle trouvait Nick Paretti beaucoup trop séduisant pour sa tranquillité d'esprit : ses cheveux noirs contrastaient superbement avec le bleu perçant de son regard, sa mâchoire volontaire accentuait encore l'aspect viril de son apparence, et, pour couronner le tout, sa bouche sensuelle se relevait souvent en un demi-sourire ironique qui faisait littéralement frissonner Gina.

Elle n'était pas sortie de l'auberge…

La musique s'arrêta, et Gina s'écarta des bras de son partenaire, surprise, une fois encore, de constater à quel point elle détestait ce moment où leurs corps se séparaient.

— Excellent, dans l'ensemble, déclara leur professeur, Mme Stanton, depuis son poste d'observation au bord de la piste de danse.

Les cheveux blonds de la jeune femme étaient relevés sur le sommet de son crâne en un chignon très serré, et son ample jupe virevoltait autour de ses jambes fines tandis qu'elle s'avançait au milieu des danseurs.

— La plupart d'entre vous ont fait de réels progrès, ajouta-t-elle en souriant à Nick.

Elle avait, dans le regard, une lueur d'admiration non déguisée qui donna envie à Gina de cogner sur quelque chose.

— Mais je dois vous rappeler, mesdames, de faire confiance à votre partenaire. La piste de danse ne doit en aucun cas servir de terrain de bataille pour une guerre des sexes.

— Allons bon, murmura Nick d'un ton narquois, vous croyez qu'elle a dit ça pour nous ?

— Vous n'auriez pas un pays quelconque à aller envahir, plutôt que de faire des remarques ineptes ? suggéra Gina à voix basse.

Nick hocha la tête en riant.

— Maintenant, reprit Mme Stanton en se dirigeant vers le coin où était installée la stéréo, nous allons travailler le cha-cha-cha.

— Oh, non…, grommela Nick d'un air catastrophé.

— Que se passe-t-il, général ? On a peur ? railla Gina.

— Sergent. Sergent d'artillerie en fait. Mais je crois l'avoir déjà mentionné à plusieurs reprises.

Gina haussa les épaules.

— Comme si ç'avait une importance quelconque.

— Vous savez, commença-t-il en inspirant à fond que…

— … Je danse mieux le cha-cha-cha que vous ? coupa Gina.

Il la foudroya du regard.

— Ça, j'aimerais bien voir.

— Dois-je prendre ça pour un défi ? demanda-t-elle avec un sourire angélique.

— Vous le prenez bien comme vous voulez, répondit-il en tendant les mains pour l'attirer contre lui.

— Quelle perspective grisante…, murmura-t-elle d'un ton d'ironie marquée.

— Vous savez quoi ? dit-il en plongeant son regard dans le sien. C'est votre faute s'il existe une guerre des sexes.

Gina posa sa main gauche sur la large épaule de son partenaire, et glissa sa main droite dans sa main gauche à lui.

— Mais bien sûr, voyons, il est de notoriété publique que Gina Santini est à la base de tous les problèmes existant entre les sexes, depuis que le monde est monde.

— Pas vous personnellement, non, mais les femmes dans votre genre.

— Les femmes qui ne se pâment pas d'extase devant les valeureux militaires dans *votre* genre ?

Il inspira à fond, puis expira lentement avant de demander.

— Alors, on danse, oui ou non ?

Gina battit des cils d'un air ingénu.

— Je vous attends. C'est vous le guide tout-puissant, vous vous rappelez ?

Tout en marmonnant des paroles inintelligibles, Nick commença à se déplacer en rythme avec la musique. Gina se concentra sur la danse. Elle savait qu'il détestait le cha-cha-cha, mais elle-même adorait cette danse. Il y avait quelque chose dans la façon dont son partenaire ondulait des hanches en rythme avec elle...

Aïe ! se dit-elle, terrain miné, mieux valait penser à autre chose.

Ils exécutèrent un tour complet, et Gina pensa que, décidément, les jeunes d'aujourd'hui perdaient beaucoup en se contentant de se contorsionner les uns en face des autres sans jamais se toucher. Oui, vraiment, les bonnes vieilles danses « de salon » étaient tout de même infiniment plus sensuelles.

Quelquefois *trop* sensuelles, d'ailleurs, pensa-t-elle en sentant le bassin de Nick bouger contre le sien. Elle sentit un frisson lui parcourir tout le corps et ferma les yeux un instant. Lorsqu'elle les rouvrit, elle rencontra le regard de Nick et ce qu'elle y lut accentua encore son trouble. Au même instant, elle sentit les mains de son partenaire descendre jusqu'au creux de ses reins.

— Beaucoup mieux, tous les deux, déclara Mme Stanton lorsqu'ils passèrent devant elle.

Gina se redressa automatiquement et releva le menton.

— Chouchoute de la maîtresse, murmura Nick à son oreille.

— Cancre délinquant, répondit-elle du tac au tac.

— Comment avez-vous deviné ?

— Deviné quoi ?

— Que j'étais un cancre délinquant quand j'étais petit.

— Je suis médium.

— Quel dommage que vous ne soyez pas un *grand* médium.

14

— D'accord, un mètre soixante-deux n'est pas précisément une taille de mannequin, mais il ne faut pas exagérer, je ne suis pas naine non plus. C'est vous qui êtes anormalement grand.

— Je ne mesure qu'un mètre quatre-vingt-quinze, ça n'a rien d'anormal.

— Simple question de point de vue.

— Ecoutez, Gina, inutile de déclencher la Troisième Guerre mondiale pour si peu. Disons simplement que passer mon temps la tête baissée me...

— Parce que vous ne croyez pas que *moi* je vais finir par attraper un torticolis à force de me tordre le cou pour réussir à voir votre visage ?

C'était franchement ridicule, pensa Gina pour elle-même, de se chamailler pour des détails aussi insignifiants, mais ça lui permettait au moins d'arrêter un instant de penser à ce qu'elle ressentait dans les bras de Nick.

Leurs hanches se frôlèrent de nouveau et Gina sentit son visage s'empourprer.

Danser était vraiment supposé être aussi... érotique ? se demanda Nick en attirant Gina plus près de lui, tout en espérant qu'elle ne sentirait pas quelle réaction physique déclenchait ce cha-cha-cha si suggestif. La jeune femme lui paraissait si petite, si vulnérable dans ses bras.

A l'instant même où cette pensée lui traversait l'esprit, il eut envie d'en rire : Gina, vulnérable ? A peu près autant qu'un tigre mangeur d'hommes, oui !

Ce petit bout de femme était décidément dotée d'un sacré tempérament, et il devait reconnaître qu'il éprouvait un certain plaisir à la retrouver trois fois par semaine pour ces cours de danse... qui dégénéraient si souvent en pugilats verbaux. Ah, on pouvait dire qu'elle avait du répondant, et une tête encore plus dure que la sienne, le tout dans un corps adorable aux formes voluptueuses... Bref, exactement le type de femme qui l'aurait intéressée s'il en avait cherché une.

Ce qui n'était pas le cas.

Oh, il se rendait bien compte que la plupart des hommes n'auraient rien trouvé de fascinant à ce genre de tempérament vif et bagarreur, mais Nick avait été élevé dans une famille italo-américaine traditionnelle, c'est-à-dire une famille où l'on mesure l'intensité de l'amour au nombre d'octaves atteintes dans une dispute conjugale.

Sa mère lui avait toujours dit que les disputes pimentaient la vie d'un couple et, si c'était vrai, alors les trente-six ans de mariage de ses parents avaient dû être vraiment très épicés. Il sourit pour lui-même en se remémorant certaines scènes, lorsque ses parents, ses deux frères et lui-même se retrouvaient autour de la table familiale pour discuter avec animation de politique, de religion, d'histoire, ou même — quand ils étaient plus petits — des mérites comparés de Superman et de Mickey Mouse.

Oui, la famille Paretti était une famille où l'on parlait fort. Parfois même *très* fort. Mais c'était une famille heureuse.

Le morceau de cha-cha-cha se termina et Mme Stanton frappa dans ses mains.

— Ce sera tout pour ce soir, bravo et merci.

Nick lâcha la main de Gina à regret, étonné, comme chaque soir, de se sentir aussi déçu que les deux heures de cours aient passé si vite.

— Avant que vous ne partiez, ajouta Mme Stanton en élevant la voix, j'ai une annonce à vous faire. Le concours de danse amateur de Bayside a lieu le mois prochain, et je sélectionnerai trois des couples de ce cours pour représenter mon école. Je compte sur vous pour la représenter dignement, alors, entraînez-vous, et bonne chance à tous.

Nick surprit la lueur d'excitation qui venait de s'allumer dans le regard de Gina.

Une compétition de danse ?

En *public* ? Oh non, ça n'allait pas être possible.

C'était tout simplement hors de question.

2.

Après avoir salué Mme Stanton et les autres élèves
du cours, Nick sortit dans la rue, Gina sur les talons. Il
entendait qu'elle lui parlait, mais il ne l'écoutait pas :
depuis que leur professeur avait mentionné ce concours
de danse, il ne faisait que repenser à la dernière fois
où il avait dansé en public, et cela lui donnait encore,
rétrospectivement, des sueurs froides.

Ça s'était passé quatre mois plus tôt, lors du bal
annuel de la base de Pendleton.

Il revoyait encore la scène comme si elle s'était
déroulée la veille.

Une salle bondée, des centaines d'officiers et sous-
officiers, accompagnés de leurs épouses ou de leurs
petites amies, et lui, au milieu de la piste, en train de
danser — du moins *d'essayer* de danser — avec l'épouse
de l'un des commandants de la base.

Elle le lui avait demandé au moment du traditionnel
quart d'heure américain, durant lequel les femmes invitent
les hommes à danser, et lui n'avait pas osé refuser.

Connaissant ses piètres talents de danseur, il avait
commencé raide et compassé, puis, grâce à la bonne
humeur communicative de la femme du commandant, il

avait tout de même réussi à se détendre, et s'était peu à peu lancé dans des figures.

Il était en train de faire tournoyer sa partenaire, lorsque tout à coup, sous ses yeux horrifiés, elle avait lâché sa main et, au terme d'une glissade spectaculaire, était allée valdinguer dans le buffet des boissons, percutant de plein fouet un énorme saladier rempli de punch qui avait explosé sous le choc.

Il entendait encore le hurlement de la malheureuse et la revoyait, assise par terre, inondée des pieds à la tête de punch rouge vermillon.

Un véritable cauchemar.

Quelques jours plus tard, il avait été convoqué par le commandant lui-même.

— Vos acrobaties m'ont coûté une petite fortune, sergent. Même le meilleur teinturier de la région a certifié que rien ne pourrait effacer dix litres de punch d'un fourreau de soie ivoire.

— Je me ferai un devoir de vous rembourser le coût de la robe, commandant, avait proposé Nick d'une voix blanche.

Le commandant avait balayé sa proposition d'un geste de la main.

— Inutile, mais merci tout de même de l'avoir proposé. En revanche, je suggère que vous fassiez en sorte que ce genre d'incident ne se produise jamais plus.

— Bien sûr, commandant, je vous promets dorénavant d'éviter coûte que coûte les pistes de danse.

— Ça n'est pas du tout ce que je voulais dire.

— Pardon ?

Le commandant s'installa sur le coin de son bureau et croisa les bras.

— Voilà, Sergent, ce que je vous suggère avant que vous n'envoyiez une autre pauvre malheureuse exploser un saladier plein de punch : c'est d'apprendre à vous débrouiller sur une piste de danse.

— Vous... Vous voulez plaisanter, commandant ? Vous voudriez que je prenne *des leçons de danse* ?

Le commandant le dévisagea un moment en silence avant de demander :

— Vous trouvez que j'ai l'air de plaisanter ?

Nick réprima un gémissement au souvenir de son entrevue avec le commandant. Bon sang, il devait vraiment être le premier marine de l'histoire à qui l'on ait ordonné de prendre des cours de danse.

Enfin, pas ordonné, « suggéré », mais cela revenait exactement au même. Hélas.

Il aurait nettement préféré se voir condamné à une marche de cinquante kilomètres, ou à n'importe quoi d'autre de plus militaire, comme punition, mais des cours de danse...

Bref, voilà comment il s'était retrouvé à jouer les Fred Astaire dans un cours du soir de danse de salon.

Mon Dieu, pensait-il, si ses amis l'apprenaient, il deviendrait la risée de tout Pendleton. Il avait déjà dû subir pendant des semaines leurs commentaires et railleries à propos de l'histoire du punch... Non, vraiment, il était hors de question qu'il participe jamais à un concours de danse.

Pour le moment, son problème se limitait à aller jusqu'au bout de cette fichue série de cours, après quoi il pourrait enfin redevenir un marine comme les autres.

Par ailleurs, quand les cours seraient terminés, il ne reverrait plus Gina... Etrange, pensa-t-il, de constater à quel point cette perspective le contrariait.

Un courant d'air frais et humide venu de l'océan le tira brusquement de ses pensées et le ramena à la réalité, c'est-à-dire à la jeune femme qui marchait — courait, presque — à côté de lui.

— Vous m'écoutez, oui ou non ? demanda Gina.

Au ton exaspéré de sa voix, Nick comprit que ce n'était pas la première fois qu'elle lui posait cette question.

— Si vous êtes encore en train de me parler de ce concours, répondit-il en s'arrêtant, alors c'est NON.

— Mais enfin *pourquoi* ?

Elle avait vraiment une jolie bouche, remarqua Nick, même quand elle paraissait furieuse.

« Allons mon vieux, on se calme, se reprit-il aussitôt. Jolie bouche ou pas, ça n'est pas du tout ton problème. »

— Permettez-moi, princesse, de vous poser une question à mon tour : pourquoi cette soudaine lubie de vouloir participer à un concours avec moi, alors que vous passez votre temps à vous plaindre du fait que je vous écrase les pieds ?

Le vent fit voler les cheveux de Gina et elle écarta une mèche qui lui venait dans les yeux.

— Ecoutez, en fait..., vous n'êtes pas si nul que ça.

— Wahou, merci du compliment ! railla-t-il d'un ton goguenard.

Elle prit une grande inspiration — ce qui attira l'attention de Nick sur son appétissante poitrine — avant d'exhaler un profond soupir.

— Mais enfin, voyons, c'est un *concours* ! s'exclama-t-elle, comme si cela suffisait à tout expliquer. Vous n'avez pas envie de gagner ?

La lueur d'excitation était revenue dans son regard, et Nick ne put s'empêcher d'éprouver, une fois de plus, une certaine admiration pour l'énergie de cette petite bonne femme.

Oh, bien sûr, lui aussi aimait la compétition. Mais il préférait, dans la mesure du possible, participer à des épreuves dans lesquelles il avait au moins une chance de l'emporter.

— Nous ne sommes pas assez bons, c'est tout, déclara-t-il d'un ton sans appel.

Et il se dirigea vers sa voiture, espérant que Gina Santini laisserait tomber le sujet.

Funeste erreur.

Il entendit ses talons marteler l'asphalte derrière lui, tandis qu'elle hâtait le pas pour s'accorder à ses longues enjambées.

— Mais on pourrait le devenir. Assez bons, je veux dire. Il suffirait que l'on s'entraîne davantage.

— Ouais, sans doute, admit-il avec un petit rire. Pendant un an ou deux.

Stupéfait, il vit Gina se mettre à courir pour pouvoir le dépasser et venir se planter devant lui, ce qui l'obligea à s'arrêter net.

— Enfin, bon sang, général, s'exclama-t-elle, vous n'allez pas me dire que tous les marines abandonnent le combat aussi vite que vous ?

— Nous n'abandonnons pas le combat, fulmina Nick, nous *choisissons* nos combats, nuance.

— Oh, je vois, oui, seulement ceux que vous êtes certains de gagner.

Et dire, pensa Nick, que quelques minutes plus tôt il se désolait à la pensée de ne plus la revoir. Mais qu'avait-il fait au ciel pour mériter de se retrouver devant cette femme si exaspérante... et si séduisante à la fois ?

Réponse : il avait envoyé la femme du commandant valdinguer dans un saladier de punch.

— Ecoutez, dit-il en s'appliquant à prendre un ton conciliant, vous reconnaissez vous-même que nous ne cessons de nous disputer, alors pourquoi diable voudriez-vous passer encore plus de temps avec moi ?

Elle croisa les bras sur sa poitrine, et Nick dut lutter pour continuer à la regarder dans les yeux.

— Nous passerions peut-être moins de temps à nous disputer si vous n'étiez pas aussi buté.

— Ha ! Parce que *je* suis buté ?

Elle le toisa d'un regard qui aurait glacé un homme moins valeureux que lui, puis haussa les épaules d'un air dédaigneux.

— Je me demande pourquoi je me donne la peine de discuter avec vous.

— Ça, princesse, je me le demande aussi.

— Mais enfin, quand allez-vous cesser de m'appeler « princesse » ?

— Mais quand vous cesserez de vous *comporter* comme une princesse.

— Moi ? Je me comporte comme une princesse ? C'est grotesque !

— Pas du tout. Ça prouve simplement que je vous connais mieux que vous ne le croyez.

— Ah vraiment ?

Nul besoin d'être devin, pensa Nick : elle était d'origine italienne, comme lui, et sur le chapitre des familles italiennes, il en connaissait un rayon.

— Vous êtes la plus jeune de votre famille, n'est-ce pas ?

— Oui, et alors ?

Donc, il avait vu juste.

— La petite chérie de votre papa ?

Elle releva le menton et le défia du regard.

— Ce qui prouve quoi ?

— Ce qui prouve que, pendant toute votre brève existence, vous avez toujours obtenu ce que vous vouliez quand vous le vouliez, simplement en battant des cils sur vos superbes yeux bruns. Eh bien, laissez-moi vous dire une chose, princesse : avec moi, ça ne prend pas. Nous sommes partenaires sur la piste de danse, parce que Mme Stanton nous a désignés comme tels, un point c'est tout. Alors vous pouvez garder vos mines de petite fille innocente pour vos camarades de classe, je suis sûr que ça les ensorcèle. Moi pas.

— Oh ! Vous êtes vraiment le type le plus présomptueux, le plus insupportable, le plus exaspérant que j'aie jamais rencontré !

Elle se mordit la lèvre inférieure et, tout à coup, Nick eut une envie folle de l'embrasser. Les autres couples étaient remontés dans leurs voitures et les lumières de leurs phares balayèrent le parking avant de s'éloigner, les laissant tous les deux plantés là, face à face, à se dévisager sans un mot.

Elle était proche, si proche qu'il aurait pu l'embrasser. La toucher. Il leva une main et, comme hypnotisée, elle inclina légèrement le buste vers lui. Mais à cet instant précis, un Klaxon résonna dans la nuit, brisant la magie de l'instant.

Gina remua la tête de gauche à droite, comme pour se réveiller d'un rêve.

— Je... Euh, il faut que j'y aille.

— Oui, moi aussi.

Elle ouvrit la bouche pour ajouter quelque chose, puis parut se raviser, et, sans un mot de plus, tourna les talons et s'éloigna dans le parking sombre en direction de sa voiture.

Il la regarda s'éloigner, et se dit que c'était seulement pour s'assurer qu'elle atteignait sa voiture sans encombre. Après tout, une jolie jeune femme dans un parking désert... C'était bien le moins qu'il pût faire.

Mais il demeura là, immobile, les yeux dans le vague, longtemps après que la voiture de Gina eut disparu dans la nuit.

Le lendemain soir après sa journée de travail, Nick décida d'aller prendre un verre au club des sous-officiers.

Juché sur un tabouret devant le long bar d'acajou verni, il balaya la pièce du regard, reconnaissant quelques visages parmi les sous-officiers installés comme lui au bar, ou bien assis autour des tables rondes disséminées dans l'immense salle.

Sur une base de l'importance de Pendleton, on rencontrait bien sûr des visages familiers, mais également beaucoup d'inconnus.

Il commanda une bière et s'appuya les coudes sur le bar, repensant pour la énième fois de la journée à la scène qui s'était déroulée la veille au soir sur le parking du cours de danse.

Il s'en voulait d'avoir traité Gina comme il l'avait fait, de lui avoir dit des paroles blessantes. Il lui avait fait de la peine, il en était sûr. Il avait vu ses yeux s'embuer.

Le barman posa sa bière devant lui et il en but une longue gorgée, dégoûté de s'être comporté de façon aussi peu chevaleresque.

Il reposait son verre lorsqu'un autre marine entra dans le bar et marcha jusqu'à lui.

— Paretti ?

Nick se tourna face à l'inconnu et vit, à l'insigne sur sa manche, qu'il s'agissait également d'un sergent d'artillerie.

— Oui ?

Le type lui tendit la main avec un sourire.

— Je pensais bien que c'était vous, je suis Davis Garvey.

— Je crois vous avoir déjà vu dans le coin, dit Nick en lui serrant la main. Vous voulez boire quelque chose ?

— Non merci. En fait je rentrais chez moi, je voulais juste passer vous voir une minute.

— Me voir ? Et pourquoi donc ?

— Parce que j'avais promis à ma belle-sœur de le faire.

Nick le dévisagea d'un air perplexe. Il ne se souvenait pas être sorti avec aucune fille ayant un beau-frère à Pendleton... Donc, franchement, il ne voyait pas ce que ce type lui voulait. De toute façon, s'il était venu pour lui annoncer que sa belle-sœur attendait un enfant de lui et exigeait le mariage, il ne se laisserait pas faire. Côté mariage, il avait déjà donné.

— Je vous écoute, dit-il à son vis-à-vis. Que vouliez-vous me dire ?

— C'est au sujet de Gina. Paraît-il que vous lui faites des misères pendant vos cours de danse... ?

Nick sauta à bas de son tabouret, jetant un rapide coup d'œil aux marines qui l'entouraient, pour s'assurer qu'aucun n'avait entendu ce que l'autre venait de dire.

Après tout le mal qu'il s'était donné pour tenir secrètes ses leçons de danse, il n'allait tout de même pas accepter que ce type — beau-frère de Gina ou pas — vienne tout gâcher en le claironnant au beau milieu du club des sous-officiers. Bon sang, tout Pendelton le saurait avant le lendemain matin ! Il fallait à tout prix qu'il sorte ce Davis machin chose du bar.

— Vous ne préférez pas qu'on sorte parler de ça dehors ?

Le sourire de Davis s'élargit, et Nick vit qu'il avait parfaitement compris pourquoi il tenait tant à sortir du club.

— Je sors, marmonna-t-il entre ses dents, vous n'avez qu'à me suivre.

Il pivota sur ses talons et sortit de la pièce au pas de charge, dégringola l'escalier, traversa le hall et se retrouva dehors. Lorsqu'il se fut suffisamment éloigné de l'entrée du bâtiment il s'arrêta et se retourna. Davis l'avait suivi, les mains dans les poches, l'air très détaché, toujours son sourire aux lèvres.

— Alors, de quoi s'agit-il ? demanda Nick d'un ton sec.

— Je vous l'ai déjà dit : de Gina.

Ah bravo, alors non seulement elle le faisait tourner en bourrique pendant les cours de danse, mais en plus elle avait trouvé le moyen de venir l'enquiquiner sur son lieu de travail. Dire qu'il avait passé la journée à regretter de s'être montré trop dur avec elle...

— Vous dites qu'elle est votre belle-sœur ?

— Oui, j'ai épousé sa sœur Maria il y a deux semaines.

— Félicitations, grommela Nick tout en souhaitant mentalement bonne chance au pauvre garçon.

Il allait en avoir rudement besoin si son épouse ressemblait tant soit peu à Gina.

— Merci.

Loin de Nick l'idée de vouloir dénigrer la nouvelle famille de ce garçon, mais il ne comptait pas non plus se laisser attaquer sans se défendre.

— Puisque vous avez épousé la sœur de Gina, vous savez comment elle est.

— Bien sûr : charmante, jolie, drôle.

— Sans aucun doute, mais vous avez oublié : autoritaire et vindicative, je me trompe ?

— Pas tout à fait, non, admit Davis en éclatant de rire. Je crois que je vois ce que vous voulez dire.

— Je n'en suis pas si sûr.

— Ecoutez, Paretti, Gina a dit que vous lui rendiez la vie difficile, alors j'ai voulu vous en parler, voilà tout.

— Curieux, remarqua Nick d'un ton narquois, elle ne me paraît pourtant pas le genre de fille à envoyer les autres se battre à sa place.

— Oh non, pas du tout, mais comprenez-moi : elle fait partie de ma famille, maintenant ; alors je considère que c'est mon rôle de prendre sa défense.

28

Nick hocha doucement la tête. Rien à redire, pensa-t-il, pour lui aussi, la famille, c'était sacré.

— Je comprends, j'aurais agi exactement comme vous.

— Parfait, donc vous allez mettre la pédale douce ?

— Je vous promets de ne faire feu qu'en cas de légitime défense, déclara Nick d'un ton solennel.

Davis sourit de nouveau.

— Voilà qui me paraît honnête.

Il lui tendit la main et Nick la serra chaleureusement.

— Enchanté de vous avoir rencontré, sergent.

— Moi aussi, sergent, répondit Nick.

Et tandis que l'autre homme s'éloignait vers sa voiture, il réfléchissait aux implications de cette conversation sur la situation.

Gina Santini avait appelé des renforts. Peut-être qu'elle n'avait pas expressément demandé à son beau-frère d'intervenir, et qu'elle s'était contentée de le suggérer. Peut-être. En tout cas, cela signifiait qu'elle ne battait pas en retraite, mais qu'elle était juste en train de se ressaisir avant la prochaine offensive.

Donc, la guerre n'était pas terminée.

3.

Chez les Santini, le dîner familial hebdomadaire était une véritable institution. Quelle qu'aient été leurs obligations personnelles ou professionnelles, tous s'arrangeaient pour se retrouver ensemble autour de la table familiale, à se régaler de l'excellente cuisine italienne de Mama, tout en échangeant les nouvelles, dans une ambiance gaie, chaleureuse... et fort sonore.

Gina regarda autour d'elle les membres de sa famille, et sourit.

Il y avait d'abord Mama, un peu seule, bien sûr, depuis le décès de Papa, deux ans plus tôt, mais encore pleine d'énergie et d'enthousiasme, et toujours très impliquée dans la vie de ses filles.

Ensuite il y avait Angéla, l'aînée des trois sœurs Santini. Veuve elle aussi, Angéla avait un fils de huit ans, Jeremy, et tous les deux étaient revenus vivre avec Mama après le décès du père de Jeremy, trois ans auparavant.

Jeremy, pensa Gina, était vraiment un gosse super, et l'arrivée dans la famille de Davis, le tout nouveau mari de Maria, lui avait fait un bien fou.

Le père de Jeremy, quant à lui, n'avait jamais été très porté sur la vie de famille. En fait — mais personne bien sûr ne l'aurait jamais exprimé à voix haute — Angéla était beaucoup plus heureuse depuis son veuvage qu'elle ne l'avait jamais été du temps de son mariage.

Et puis, il y avait Maria. Epanouie et resplendissante de bonheur depuis qu'elle était tombée amoureuse de Davis. Aussi surprenant que cela pût paraître, Maria avait appris le métier de mécanicien automobile, et — dans une profession presque exclusivement exercée par des hommes — avait néanmoins réussi à se forger une réputation de sérieux et de compétence, ce qui avait permis la survie du garage de Papa.

Oui, pensa Gina, tous les Santini présents à cette table semblaient heureux et épanouis.

Tous, sauf elle.

— Au fait, dit Davis en tendant le bras pour attraper le plat de lasagnes, j'ai vu ton sergent Paretti tout à l'heure.

Gina sursauta.

— Ce n'est pas « mon » sergent Paretti, protesta-t-elle en le foudroyant du regard, avant de vite s'enfouir un morceau de lasagnes dans la bouche pour se donner une contenance.

— Admettons. Enfin, bref, j'ai eu une petite discussion avec lui.

Gina écarquilla des yeux stupéfaits, et se dépêcha d'avaler sa bouchée de lasagnes.

— Tu lui as *parlé* ? Quand ? Où ? Et tu lui as dit quoi ?

Davis haussa les épaules d'un air désinvolte.

— Eh bien voyons, pour répondre dans l'ordre... Ce soir en sortant du bureau, au bar des sous-officiers, et je lui ai juste dit que j'étais ton beau-frère et que j'apprécierais beaucoup qu'il te lâche un peu les baskets.

Gina laissa tomber sa fourchette et se recula dans sa chaise.

— Ah, bravo !

— Plutôt sympathique de sa part, non ? remarqua Mama en souriant à l'assemblée.

— Sympathique ? répéta Gina dans un froncement de sourcils. Tu trouves que c'est *sympathique* ?

— Mais enfin Gina, qu'est-ce qui te prend ? s'exclama Maria toujours prête à voler au secours de son beau marine. Davis a juste voulu t'aider, c'est tout.

— S'il avait voulu m'aider, il aurait mieux fait de lui rouler dessus avec sa voiture. Au moins, ç'aurait réglé le problème.

— Voilà une solution radicale, remarqua Angéla.

— Rouler sur qui ? demanda la petite voix de Jeremy.

— Un gentil marine comme oncle Davis, répondit Mama d'un ton égal, tout en resservant généreusement son petit-fils de lasagnes.

— Voyons, Gina, Davis n'a fait que lui parler, poursuivit Angéla, je crois que tu t'énerves pour pas grand-chose.

— Et ça étonne quelqu'un ? marmonna Maria en levant les yeux au ciel.

— Je ne « m'énerve pas pour pas grand-chose », comme tu dis, rétorqua Gina. Mais enfin, vois un peu de quoi j'ai l'air : il va s'imaginer que je suis allée pleurnicher dans le giron de mon grand beau-frère pour le supplier de venir à mon secours.

— Permets-moi de te rappeler que c'est exactement ce que tu as fait, s'interposa Maria.

— Moi ? Mais jamais de la vie ! Enfin, Davis, est-ce que je t'ai jamais demandé d'aller parler à ce type ? Est-ce que je t'ai supplié de m'aider ?

— Non, bien sûr, mais..., balbutia Davis, visiblement mal à l'aise.

— Ça suffit, maintenant, Gina ! coupa Maria. Enfin, bon sang, Davis a juste voulu t'aider. Et après tout, c'est ta faute : ça fait des semaines que tu nous rebats les oreilles avec ce type qui te pourrit la vie, oui ou non ?

Bon, d'accord, admit Gina pour elle-même, elle s'était effectivement plainte. Et alors ? C'était à ça que servait la famille, non ? A vous écouter et à compatir.

— Papa aurait été très content de ce que Davis a fait pour toi, remarqua Mama. Tu sais bien que, pour nous, Italiens, la famille, c'est sacré.

A l'entendre, pensa Gina, on aurait vraiment pu croire qu'ils faisaient tous partie de la mafia. Quelle était l'étape suivante, si l'on voulait respecter la tradition ? Envoyer au sergent Paretti un poisson mort emballé dans du papier journal ?

— Enfin, Gina, Davis s'est donné le mal de chercher ce type, tu pourrais au moins le remercier, dit Maria en croisant les bras, fixant Gina pour bien montrer qu'elle attendait.

Gina sentit cinq paires d'yeux rivés sur elle et, dans le silence soudain, elle entendit le tic-tac de la pendule murale du salon. Bon sang, mais ils ne se rendaient donc pas compte que, en ayant voulu bien faire, Davis avait rendu plus difficile encore une situation déjà bien compliquée ?

En un instant, elle se rappela tout ce que Nick lui avait dit la veille au soir après le cours. Quand il lui avait expliqué qu'il l'appelait « princesse » parce qu'elle avait toujours été une enfant pourrie gâtée. Eh bien, voilà qui allait apporter de l'eau à son moulin.

Mais pourquoi diable sa vie était-elle si compliquée ?

A cause des hommes. Voilà pourquoi.

D'abord, il y avait eu Richard. Un avocat avec lequel elle était sortie assez longtemps pour décider de prendre des cours de danse, de façon à pouvoir mieux s'intégrer à son milieu social. Malheureusement, elle avait cessé de sortir avec lui après la seconde leçon. Oh, Richard était un type bien, très bien même, mais il n'y avait jamais eu entre eux de véritable alchimie. Pas d'étincelle, pas de feu d'artifice.

A propos de feu d'artifice...

Elle repensa à Nick Paretti, et sentit aussitôt son pouls s'accélérer.

— Gina !

La voix de Maria la ramena brusquement sur terre.

— Tu pourrais au moins écouter quand on te fait une réflexion !

— Oh, j'écoute, marmonna Gina. Tout ce que j'ai à vous dire, c'est que Nick Paretti est un ch...

— Gina ! coupa Mama d'une voix ferme.

— Un ch... charmant enquiquineur, compléta Gina *in extremis*.

34

Mama approuva la rectification d'un hochement de tête, mais Jeremy, visiblement pas dupe, eut un petit ricanement que sa mère arrêta d'un « chut » péremptoire.

— Ecoute, Gina, je suis désolé, j'ai cru bien faire et je voulais sincèrement t'aider, expliqua Davis en la regardant droit dans les yeux.

Gina se sentit soudain bourrée de remords. Elle n'aurait jamais du s'énerver contre son beau-frère. Il avait vraiment cru bien faire, ça ne faisait pas l'ombre d'un doute. D'ailleurs, il fallait bien le reconnaître, c'était adorable de sa part d'être allé jouer les grands frères auprès du méchant qui ennuyait sa petite belle-sœur.

Et dire qu'elle avait toute son enfance regretté de n'avoir pas de grand frère pour la protéger...

— Je sais bien que tu voulais m'aider, Davis, lui dit-elle avec un sourire. Et c'est moi qui suis désolée de m'être laissé emporter. Angéla a raison : je me suis énervée pour pas grand chose. C'est sympa de ta part d'être allé jouer les grands frères auprès de Nick Paretti.

Davis lui sourit à son tour, puis se pencha vers Maria pour lui embrasser le bout du nez. L'incident était clos.

Les conversations reprirent aussitôt, le niveau sonore monta, et personne ne parut remarquer que Gina s'était remise à rêvasser dans son coin.

— Bon, alors allez-y : lâchez-vous, dit Gina à Nick au moment où ils arrivèrent sur le parking, après la fin du cours de danse.

— Pardon ? Vous voulez que je lâche *quoi* ?

— Oh, ne jouez pas au plus fin avec moi, je vous en prie. Vous avez très bien compris ce que je voulais dire. Alors, lâchez-vous. De toute façon, ça fait deux heures que j'attends.

Nick fronça le sourcil, interloqué. Mais qu'est-ce qui lui prenait de s'énerver comme ça toute seule ? Pour une fois qu'ils avaient réussi à passer une soirée sans se disputer.

— Et vous attendez quoi, au juste ? demanda-t-il en s'arrêtant pour se tourner face à Gina.

— Que vous me fassiez une remarque désobligeante à propos du petit speech de mon beau-frère l'autre soir à Pendleton.

— Oh… Je comprends.

Oui, il comprenait : Gina avait dû en effet se demander toute la soirée pourquoi il ne lui faisait aucune remarque — ironique ou pas — sur la petite conversation qu'il avait eue avec son beau-frère.

En fait, il avait beaucoup réfléchi depuis cette fameuse entrevue, parce que les curieuses relations qu'il entretenait avec Mlle Santini commençaient à l'intriguer sérieusement.

Pourquoi le faisait-elle sortir si souvent de ses gonds ?

La veille au soir, enfin, il avait trouvé l'explication : c'était parce que Gina lui rappelait son ex-femme.

Oh, pas parce qu'elle lui ressemblait physiquement — Gina était du reste beaucoup plus jolie que Kim ne l'avait jamais été —, mais il y avait trop de similitudes pour pouvoir les ignorer.

Toutes les deux avaient été pourries gâtées par leurs parents, habituées à obtenir tout ce qu'elles voulaient,

36

et prêtes à user de leur charme si cela se révélait nécessaire.

Oui, Nick était, déjà une fois, tombé amoureux d'une femme plus jolie que gentille, et il n'était pas prêt de recommencer.

Quant à la visite du beau-frère, il ne voyait rien à y redire. Lui-même aurait agi exactement de la même façon s'il s'était trouvé dans une situation analogue. Pour les Paretti, comme pour toutes les familles italo-américaines dignes de ce nom, la famille, c'était sacré.

— Laissez tomber, ça n'a aucune importance, dit-il enfin.

Et il vit le visage de Gina exprimer un profond soulagement... bientôt remplacé par une certaine inquiétude.

— Pourquoi vous montrez-vous si gentil avec moi, tout d'un coup ?

— Je ne me « montre » pas gentil, je *suis* gentil. Pourquoi ? Ça vous étonne qu'on puisse être gentil sans motif ?

— Je ne sais pas.

Ah bravo, alors en plus elle le prenait pour un faux jeton.

— Ecoutez, Gina, pourquoi est-ce qu'on ne décréterait pas une trêve pour la durée des leçons ?

— Une trêve ?

— Oui, vous savez, un cessez-le-feu.

— Je sais fort bien ce qu'est une trêve, merci. Je voudrais juste connaître la raison pour laquelle vous décideriez de décréter une trêve.

Il inspira à fond pour s'appliquer à conserver son calme. Cette fille était vraiment pénible, à toujours lui chercher querelle, même lorsqu'il essayait d'être agréable.

— Nous nous sommes tous deux inscrits à ce cours de danse pour apprendre à danser, n'est-ce pas ?

— Exact.

— Il n'est stipulé nulle part que nous devions nous apprécier. Ce qu'il faut qu'on fasse, c'est *danser* ensemble, un point c'est tout. On devrait pouvoir y arriver, non ?

Il lui tendit la main avec un grand sourire.

— Alors, on conclut un pacte de non-agression ?

Elle le dévisagea un moment sans répondre, puis elle glissa sa main dans la sienne.

— Pacte conclu, déclara-t-elle en le gratifiant d'un sourire éblouissant. Et dites-moi, puisque nous sommes maintenant en termes si amicaux, vous n'envisageriez pas de reconsidérer votre position à propos de ce concours de danse ?

Nick éclata de rire.

— Désolé, princesse, hors de question.

Conclure une trêve était une chose, pensa-t-il, mais annoncer publiquement qu'il prenait des leçons de danse était une tout autre histoire.

— Mais pourquoi ? protesta Gina. On commence à devenir très bons.

— Aucune chance.

— Voyons, Nick, insista-t-elle en s'approchant pour lui prendre le bras, vous pourriez au moins accepter d'y réfléchir.

Son parfum lui vint aux narines et il le huma avec un plaisir non dissimulé. Léger, fleuri, il évoqua aussitôt pour lui une douce nuit d'été.

— Sergent Paretti ?

Il se retourna vivement en entendant une voix de femme derrière lui.

Dieux du ciel, l'épouse du nouveau colonel !

Mille pensées se bousculèrent aussitôt dans sa tête : pouvait-elle savoir que Gina et lui sortaient du studio de danse ? Non, essaya-t-il de se rassurer, sûrement pas. Ce parking servait aussi aux clients du cinéma, à ceux du restaurant Bayside, et à ceux de la pharmacie voisine. Ils auraient pu sortir de n'importe lequel de ces endroits-là, donc, pas de panique.

— Bonsoir, madame, dit-il à la jeune femme qui s'avançait vers eux en leur souriant.

Bon sang, Gina.

L'espace d'un instant, il avait complètement oublié l'existence de Gina. Comment lui faire comprendre de ne *surtout pas* parler du cours de danse à la colonelle ? En attendant, impossible de couper aux présentations.

— Madame, je vous présente Gina Santini. Gina, Mme Thornton, la femme de mon nouveau colonel.

— Enchantée de vous rencontrer, mademoiselle, dit la colonelle. Mon Dieu, comme vous formez un superbe couple tous les deux, ajouta-t-elle avec un grand sourire.

Nick faillit s'étrangler, mais Gina eut un petit rire ravi.

— Vous êtes allés au cinéma ? demanda la colonelle.

Gina ouvrait la bouche pour répondre, mais Nick ne lui en laissa pas le temps.

— Oui, madame, répondit-il d'une voix ferme.

Gina le regarda en fronçant le sourcil, mais il l'ignora et, affectant un air détaché, lui enroula un bras autour des épaules.

Si la colonelle les prenait pour un couple, autant donner le change. Mieux valait ça plutôt que de lui laisser découvrir la vérité.

— Quelle chance que je sois tombée sur vous deux, reprit Mme Thornton. Vous l'ignorez sans doute, Gina, mais mon mari vient d'être affecté à Pendleton, alors j'ai l'intention de donner une petite fête, dans une quinzaine de jours, pour recevoir les sous-officiers de la base et leurs épouses. Avec un barbecue, si le temps le permet.

Nick hocha la tête. Il était en effet habituel qu'un nouvel officier reçoive ainsi les sous-officiers dont il prenait le commandement.

— Je serai ravi de me joindre à vous, madame.

— Parfait, approuva la colonelle. Et j'espère que vous l'accompagnerez, Gina, ajouta-t-elle avec un grand sourire à l'adresse de la jeune fille.

Nick se figea. Ça n'avait peut-être pas été une si bonne idée que ça de vouloir faire croire à la colonelle qu'il sortait avec Gina.

— Eh bien..., commença celle-ci en levant les yeux pour le regarder.

Il essaya — par un imperceptible froncement de sourcils — de lui faire comprendre qu'elle devait refuser l'invitation, et il lut dans les yeux de Gina qu'elle avait parfaitement compris le message.

Pourtant, à sa complète stupéfaction, elle se serra plus étroitement contre lui, tout en lui posant une main sur

40

la poitrine en un geste possessif, et gratifia la colonelle d'un sourire angélique.

— Merci infiniment de votre invitation, Nicky et moi seront bien sûr ravis de venir à votre fête.

Nicky ?

Bon sang, pensa-t-il, elle se prenait vraiment au jeu.

Il perdit un instant contact avec la réalité, hypnotisé par la caresse des doigts de Gina sur sa poitrine... et par le sentiment que c'était, décidément, très agréable.

Gina et la colonelle bavardèrent quelques minutes, mais il n'entendit même pas ce qu'elles se disaient, tandis qu'il s'appliquait à garder son bras tendrement enroulé autour des épaules de Gina, pour accréditer son rôle de petit ami attentionné, tout en ruminant des idées de meurtre à l'encontre de la pseudo-petite amie en question.

Lorsque la colonelle le tira de ses pensées pour lui dire au revoir, avant de s'éloigner en direction de la pharmacie, il saisit vivement Gina par le bras et la fit pivoter pour qu'elle se trouve face à lui.

— Qu'est-ce que c'est que ce cirque ? Vous n'aviez donc pas compris que je vous demandais de refuser cette invitation ?

— Mais bien sûr que si, répondit Gina d'un ton suave.

Votre froncement de sourcils était on ne peut plus explicite.

— Et alors ?

— Et alors... Eh bien, ça m'a donné une idée.

Aïe, pensa Nick, ce petit sourire satisfait d'elle-même qu'arborait Gina ne lui disait vraiment rien qui vaille.

Elle écarta une mèche de ses cheveux, et la lueur qu'il vit dans son regard lui fit comprendre qu'il pouvait s'attendre au pire.

— En fait votre problème, poursuivit-elle, c'était que vous ne vouliez pas que votre colonelle sache que vous prenez des leçons de danse, je me trompe ?

— Vous ne vous trompez pas.

— C'est bien ce que je pensais...

— Ce qui ne m'explique toujours pas pourquoi vous avez accepté de venir à cette soirée.

— Eh bien, disons... que cela m'offrait un excellent moyen de pression.

« Nous y voilà, se dit Nick. Qu'est-ce qu'elle va bien pouvoir m'annoncer comme calamité... »

— De pression pour quoi, au juste ?

— Voilà, je vous explique : moi, je vous accompagne à cette soirée... et vous, vous participez avec moi au concours de danse.

— *Pardon* ?

— Voyons, c'est extrêmement simple : je ne vends pas la mèche à propos de vos cours de danse, et vous, pour me remercier, vous vous inscrivez avec moi au concours.

— Mais c'est du *chantage* !

— Oh, du chantage, tout de suite les grands mots. Personnellement, voyez-vous, je préfère le terme « extorsion », je trouve ça beaucoup moins... agressif. Pas vous ?

Il redressa la tête et toisa Gina de toute sa hauteur. Il avait sous-estimé ce petit bout de femme. Gravement sous-estimé.

42

— Bien sûr, poursuivit Gina avec un grand sourire, vous pourriez envisager de dire à la colonelle que nous avons rompu. Mais je me permets de vous rappeler qu'elle m'a *personnellement* invitée. Je pourrais donc parfaitement me rendre seule à votre soirée... où je me ferais une véritable joie de raconter à tous vos camarades marines que vous jouez les Fred Astaire trois fois par semaine au célèbre cours de Mme Stanton.

— Mais enfin, Gina, je voudrais que vous m'expliquiez : pourquoi diable avez-vous décidé de me pourrir la vie à ce point ?

— Allons, « général », murmura-t-elle en lui tapotant le bras d'un geste plein de sollicitude, haut les cœurs ! Qui sait ? Nous allons peut-être gagner ?

Bon sang, pensa Nick, elle le tenait. Pieds et poings liés.

En fait, il n'avait le choix qu'entre deux humiliations : soit devant tous ses amis, à la soirée de la colonelle ; soit devant de parfaits inconnus, à ce fichu concours de danse.

Bon, eh bien, il ne lui restait plus qu'à reconnaître sa défaite. Et à s'incliner devant le machiavélisme de son adversaire...

Toutefois, avant de concéder cette défaite, il y avait encore quelque chose qui l'intriguait.

— J'aimerais comprendre, demanda-t-il à Gina, pourquoi vous tenez tant à participer à ce concours.

Elle le gratifia d'un sourire éblouissant, qui le troubla infiniment plus qu'il n'aurait aimé le reconnaître.

— Voyons, Nick, c'est un *concours*, répondit-elle, comme si c'était une explication suffisante.

Avant d'ajouter avec un haussement d'épaules désinvolte :

— J'aime gagner, voilà tout.

— D'accord, ma belle, ça me paraît un argument valable. Moi aussi j'aime gagner. Et laissez-moi vous dire, princesse, ajouta-t-il d'une voix rauque, que je ne perds pas souvent.

4.

Gina recula d'un pas, son regard toujours rivé à celui de Nick.

— Et vous pouvez me dire, Général, ce qu'est supposé signifier cette phrase sibylline ?

— Bien sûr, ma belle : cela signifie tout simplement qu'essayer de faire chanter un marine n'est pas nécessairement très intelligent comme manœuvre.

Ses yeux bleus se rétrécirent dangereusement, et sa mâchoire se crispa si fort qu'on pouvait en voir les muscles se contracter.

Oui, pensa Gina, il se donnait vraiment un mal fou pour paraître intimidant. Et il était d'ailleurs assez convaincant. Malheureusement pour lui, elle avait déjà passé plus de trois semaines en sa compagnie, ce qui lui avait permis de constater que, même au summum de la colère ou de l'exaspération, Nick Paretti demeurait toujours un gentleman.

— Vous voulez que je vous dise ? demanda-t-elle en hochant la tête. Eh bien, cette expression menaçante que vous arborez est certainement très efficace pour terrifier vos troupes, mais moi, elle ne m'effraie pas le moins du monde.

Il poussa un grondement, et se passa une main sur le côté du visage en grommelant quelque chose d'indistinct qu'il valait sans doute mieux qu'elle ne comprenne pas.

— Otez-moi d'un doute : il existe quelque chose — ou quelqu'un — au monde capable de vous effrayer ?

Parfaitement, pensa Gina. Elle aurait dû, par exemple, être effrayée par l'effet que lui faisait le trop séduisant sergent Paretti. Oui, elle aurait dû. Hélas, cela lui faisait l'effet exactement inverse : ce qu'elle ressentait lui donnait plutôt l'envie d'en ressentir encore davantage.

— Je vous assure que vous vous faites une montagne de ce concours. Allons, sergent, détendez-vous, ajouta-t-elle en lui posant une main sur l'avant-bras.

— Excusez-moi, dit-il en se passant une main dans les cheveux, c'est sans doute parce que c'est la première fois de ma vie que je suis victime d'un chantage.

— Allons, allons, ce ne sera pas si terrible, essaya de le rassurer Gina.

— Pour vous, peut-être pas.

— Enfin, ça n'est pas la fin du monde. Il ne s'agit tout de même que d'un concours de danse. Franchement, Nick, à vous entendre, on dirait que je vous ai demandé d'aller affronter une bande de terroristes, armé d'un seul pistolet à eau.

— Ouais... Ça, j'aurais pu gérer.

Gina éclata de rire, et il hocha la tête avant de se laisser aller à sourire à son tour.

— D'accord, dit-il enfin, on fait ce fichu concours.

— Génial !

Elle plongea la main dans son sac, à la recherche de ses clés de voiture.

— En tout cas, je vous préviens, dit-il. Si on participe à ce concours, alors on a intérêt à le gagner.

— Exactement ma position sur la question, approuva-t-elle, tout en fourrageant dans le fouillis accumulé dans son sac.

— Mais ça signifie que nous allons devoir nous entraîner davantage.

Elle leva les yeux pour le regarder d'un œil perplexe.

— Pardon ?

— Trois fois par semaine ne suffiront jamais, Gina, si l'on veut vraiment devenir assez bons pour remporter ce concours. Il va falloir qu'on s'entraîne beaucoup plus souvent que ça. En fait, si vous voulez mon avis, je crois qu'il faudrait s'entraîner pratiquement tous les soirs.

— Tant que ça ?

— N'importe quel marine vous le dira, Gina : il faut s'entraîner, et s'entraîner encore, jusqu'à atteindre la perfection.

— Je vois… Ce qui signifie qu'à partir de maintenant, vous allez considérer tout ça comme un entraînement militaire ?

— L'essentiel, c'est d'obtenir le résultat recherché, peu importe la façon dont on considère la chose.

— Je dois dire que je ne pensais vraiment pas que nous aurions besoin de nous entraîner davantage, dit-elle en sortant de son sac une poignée de bricoles diverses. S'il vous plaît, ajouta-t-elle en les lui tendant, tenez-moi donc ça une minute.

— Si vous croyez que vous n'allez pas trouver de temps…, dit Nick en tendant ses deux mains jointes pour recevoir ce que Gina lui donnait.

— Ne vous inquiétez pas, le rassura-t-elle en lui posant dans les mains un ou deux objets de plus, je trouverai le temps. Je suppose qu'on pourrait s'entraîner dans mon appartement.

— Votre appartement est suffisamment grand ?

— Oh, il n'est pas exactement de la taille des salons de réception du Plaza, admit-elle avec un petit rire, mais ça devrait pouvoir faire l'affaire.

Quoique, se dit-elle en regardant Nick, le petit studio aménagé au-dessus du garage — dont elle avait hérité depuis que Maria avait épousé Davis — allait sûrement paraître encore plus petit, une fois qu'elle y aurait fait entrer un homme d'une stature aussi impressionnante.

Et puis, peut-être qu'après tout ce n'était pas une si bonne idée. Peut-être qu'elle allait se mettre dans une situation délicate, pour ne pas dire dangereuse.

Etant donné la façon dont son corps réagissait à ce garçon, lorsqu'ils se trouvaient près l'un de l'autre, peut-être qu'une proximité excessive n'était pas franchement souhaitable.

Mais avant qu'elle n'ait pu explorer davantage cet aspect des choses, Nick l'interrompit dans ses pensées.

— Vous savez, c'est tout à fait extraordinaire.

— Oui, quoi ? demanda-t-elle en ajoutant à la pile qu'il tenait dans les mains un téléphone portable, une barre de céréales, et un tournevis de poche.

— Eh bien, ça : tout votre fourbi, dit-il en levant les mains pour lui montrer le bric-à-brac qu'il tenait. Je n'ai jamais rencontré aucune autre femme qui se promène avec, dans son sac à main, la moitié d'un sandwich, une lampe torche, et un jeu de bataille navale de voyage.

— Oh, mais je peux parfaitement vous expliquer le pourquoi de tous ces objets, se défendit-elle aussitôt. Le sandwich, c'est parce que je n'ai pas eu le temps de finir de déjeuner aujourd'hui. La lampe torche, c'est pour éclairer le parking quand je sors tard de la fac le soir. Et le jeu de la bataille navale, c'est parce que mon petit-neveu *adore* jouer à la bataille navale avec moi. Voilà, j'espère que ça vous satisfait, comme explication ? Ah, j'ai enfin retrouvé mes clés ! s'écria-t-elle en les exhibant sous le nez de Nick, goguenard, comme s'il s'était agi d'une médaille olympique.

— Bon sang, mais votre sac doit peser aussi lourd qu'un paquetage de marine !

Fourrant les clés dans la poche de son chandail bleu pâle, elle récupéra ses possessions des mains de Nick pour les remettre dans son sac à main, et ressentit, une fois encore, une sorte de décharge électrique lorsque ses mains effleurèrent celles de Nick.

— Sincèrement, dit-il en lui souriant, petite comme vous l'êtes, je me demande comment le poids de ce sac ne vous fait pas culbuter en arrière.

Elle balança la bandoulière du sac sur son épaule et fit à Nick un clin d'œil plein de malice.

— Je suis petite, mais costaude.

Nick hocha lentement la tête, tout en la fixant avec une intensité qui mit le sang de Gina en ébullition.

— Ça, j'avais remarqué, oui, dit-il de sa belle voix grave.

Oui, pensa-t-elle, elle s'était mise dans de beaux draps en invitant ce grand type somptueux dans son appartement. Et maintenant, il était trop tard pour reculer. Si elle lui disait qu'elle abandonnait cette idée de concours, il allait vouloir savoir pourquoi. Et elle ne pouvait tout de même pas lui expliquer qu'elle se méfiait terriblement de ses propres réactions lorsqu'il se trouvait trop près d'elle...

D'ailleurs, se dit-elle, autant le reconnaître : elle n'avait aucune envie de renoncer à participer au concours de danse.

— Ecoutez, vous savez quoi ? Venez donc chez moi demain soir, vers 7 heures. Nous pourrons discuter ensemble du programme des séances d'entraînement, d'accord ?

— D'accord.

Il lui ouvrit sa portière après qu'elle l'eut déverrouillée.

— Au fait, demanda-t-il d'un air narquois, tandis qu'elle se glissait derrière le volant, vous n'envisageriez pas de me donner votre adresse, par hasard ?

— Oh. Si, bien sûr, je vais vous l'écrire sur un morceau de papier, répondit-elle en tendant la main vers son sac posé sur le siège à côté d'elle.

— Non, laissez tomber, dit-il avec un petit rire. Dites-le-moi simplement, je vous promets que je vais me le rappeler. Je ne me sens pas le courage de recommencer le déballage de votre sac.

— Je voudrais vous poser une question, dit-elle en fronçant le sourcil, vous vous montrez toujours aussi aimable avec *toutes* les femmes, ou alors c'est juste avec moi ?

Il fit mine de réfléchir un instant avant de répondre.

— En fait, juste avec vous.

— Génial...

— Voyons, soyez réaliste, remarqua-t-il avec un petit sourire ironique, je ne vois franchement pas en quel honneur les maîtres chanteurs devraient s'attendre à être *aimés*.

Gina éprouva aussitôt un léger sentiment de culpabilité, bien vite refoulé. Bon, d'accord, elle n'aurait sans doute pas dû le faire chanter. Mais après tout, c'était lui qui avait commencé en mentant à la femme de son colonel. Et s'il voulait mettre fin à toute cette histoire, il n'avait qu'à rétablir la vérité.

Là. Voilà. Elle se sentait déjà mieux.

— Entendu, dit-elle enfin, on va jouer ça selon vos règles.

— Alors là, princesse, dit-il d'une voix douce, si l'on jouait selon *mes* règles, on commencerait par ne *pas* participer à cette compétition.

— Bien...

Elle prit une profonde inspiration avant d'ajouter :

— Vous, je ne sais pas, mais moi je ne peux pas passer ma nuit à discuter sur ce parking. J'ai un cours tôt demain matin.

— Je travaille tôt moi aussi, alors donnez-moi votre adresse, et allons-y.

Elle la lui donna, et claqua violemment sa portière, puis elle mit le contact et enclencha la marche arrière pour sortir de sa place.

Elle allait s'engager dans l'allée sortant du parking lorsqu'elle vit qu'il était resté là, immobile, en train de la regarder. Elle baissa la vitre de sa voiture.

— Qu'est-ce qu'il y a encore ? demanda-t-elle d'un air exaspéré.

— Rien du tout, répondit-il en enfonçant les mains dans ses poches et en haussant les épaules, je voulais juste m'assurer que vous sortiez de ce parking sans encombre.

Gina se sentit tout d'un coup tout attendrie. Ce garçon se montrait quelquefois complètement désarmant de gentillesse...

Etrange, tout de même, comme il pouvait passer des heures à l'enquiquiner sur tout et n'importe quoi, et puis après, comme ça, sans transition, rester pour surveiller qu'elle sorte sans encombre d'un parking sombre et désert.

Elle avait déjà du mal à gérer ses réactions face à lui d'habitude, alors s'il se mettait à devenir aussi gentil...

— Vous vous montrez toujours aussi prévenant avec tous les maîtres chanteurs ? demanda-t-elle.

— Pas du tout, répondit-il en la regardant droit dans les yeux, uniquement avec vous.

Oh, mon Dieu...

— Bon, eh bien, merci, dit-elle en détachant à regret son regard du sien. Alors, à demain soir.

— A demain soir.

Elle hocha la tête avec un petit sourire et appuya sur la pédale de l'accélérateur, laissant Nick Paretti debout dans ce parking désert.

— Alors, Nick, demanda le sergent chef Dan Mahoney, on se fait un billard, ce soir ?

Nick leva les yeux de la pile de papiers qu'il était en train d'examiner. Dan se frottait les mains d'un air réjoui à la perspective de sa soirée. Pas étonnant : il avait déjà gagné vingt dollars à Nick la semaine précédente, lors de leur dernière rencontre autour d'une table de billard.

— Désolé, Dan, impossible pour ce soir. Je suis déjà pris.

— Ah bon ? Qu'est-ce que tu as de prévu ? demanda Dan en s'asseyant dans le fauteuil en face du bureau de Nick. Ou plutôt *qui* est-ce que tu as de prévu ? ajouta-t-il en riant.

— Qu'est-ce qui peut bien te faire croire qu'il y a un *qui* ? Je suis coincé avec cet inventaire, j'ai une montagne de paperasse à trier, et après-demain j'emmène la patrouille pour une marche de trente-cinq kilomètres. Tu crois sincèrement qu'avec tout ça j'ai le temps d'aller jouer au billard ?

— Le temps, je ne sais pas. En tout cas, tu m'as l'air d'en avoir rudement *besoin*, répondit Dan en souriant.

Ce dont il aurait eu rudement besoin, pensa Nick, c'était d'arriver à se sortir Gina Santini de la tête. Mais hélas, ça n'était sans doute pas pour tout de suite.

Il soupira et se recula dans sa chaise. Il laissa tomber son stylo sur son bureau et étira les bras au-dessus de sa tête, histoire d'allonger des muscles ankylosés par tant d'heures d'inactivité.

Non, il ne s'était pas engagé dans les marines pour se retrouver coincé derrière un bureau à se coltiner des montagnes de paperasse. Qu'on lui donne des hommes à entraîner, des kilomètres à courir, ou des batailles à mener, et il était un homme heureux ! Mais cette vie de bureaucrate sédentaire lui portait littéralement sur les nerfs.

Ce qui expliquait sans doute pourquoi il n'avait jamais accepté — et n'accepterait jamais — de rejoindre son père à la tête de l'industrie familiale.

Il était un homme d'action, un homme de terrain, et son engagement dans les marines avait répondu à toutes ses aspirations.

Pour l'instant, en revanche, l'avantage indéniable que présentait l'inventaire qu'on lui avait confié, c'était de lui laisser moins de temps pour réfléchir à la situation dans laquelle il se trouvait avec Gina Santini.

Il n'aurait jamais dû accepter de la suivre sur cette idée de s'entraîner dans son appartement. Etant donné l'état dans lequel elle le mettait déjà lorsqu'ils se trouvaient au cours de danse, entourés par des dizaines de gens, comment allait-il pouvoir gérer le problème quand il se trouverait dans son appartement, et *seul* avec elle ?

Pour commencer, il n'aurait jamais dû accepter cette histoire de concours de danse. Il n'aurait pas dû céder à son chantage. Après tout, s'il l'avait mise au défi d'aller trouver la colonelle, elle n'aurait sans doute pas osé. Quoique, avec elle, on ne savait jamais...

— Nick !

— Quoi ?

Il cligna des yeux et dévisagea son ami, presque étonné de le trouver là. Il se redressa dans son fauteuil et reprit son stylo.

— Dis donc, mon vieux, tu ne me parais pas dans ton état normal, remarqua Dan en se levant. Si tu veux mon avis, tu ferais mieux de sortir te changer les idées, et de te trouver une fille sympa.

Par exemple, oui, pensa Nick. Comme s'il n'avait pas déjà assez de problème comme ça côté femmes.

Il eut un rire de dérision.

— Contrairement à ce que tu sembles penser, Dan, moi, je ne crois pas qu'une femme puisse être la réponse à tous les problèmes.

— Peut-être pas, non, concéda Dan en se dirigeant vers la porte, mais, en tout cas, elle pourrait au moins te tenir compagnie pendant que tu chercherais la réponse au problème qui te préoccupe.

« Peut-être, marmonna Nick pour lui-même, lorsque son ami eut quitté le bureau. Mais qu'est-ce qui se passe quant la femme *est* le problème ? »

Gina avait rêvassé pendant tout son cours de statistiques, dodeliné de la tête pendant son cours de comptabilité, et baillé à s'en décrocher la mâchoire pendant le cours d'informatique. En somme, une journée aussi peu productive que possible.

Elle soupira, laissa tomber ses livres et son sac sur la table basse, se débarrassa de ses chaussures et alla pieds nus dans sa minuscule cuisine. Chacun des muscles de son corps lui paraissait fatigué.

Elle avait passé quatre heures chez le traiteur pour lequel elle travaillait à temps partiel, et avait enchaîné, sans transition, avec son après-midi à la faculté. Et maintenant, elle se sentait épuisée.

Elle ouvrit la porte du réfrigérateur et sortit une canette de thé glacé, la décapsula et en but une longue gorgée avant de refermer la porte de l'appareil et de s'y adosser.

Elle n'était décidément pas faite pour les études universitaires, pensa-t-elle dégoûtée. Elle avait envie de travailler. Et pas pour le traiteur Sally Simon, non. Elle avait envie de monter sa propre entreprise.

Elle envisageait une approche différente du métier, et ambitionnait de devenir un traiteur plus imaginatif qu'expérimenté, qui se spécialiserait dans l'événementiel créatif et amusant. Bref, elle rêvait de créer son entreprise, et de se faire un nom dans le milieu de la restauration à domicile.

Mais elle avait promis à son père qu'elle obtiendrait ce fichu diplôme, et elle comptait bien tenir sa promesse.

Quand cette tâche serait accomplie, alors elle pourrait s'occuper de la seconde promesse qu'elle avait faite à son père, le soir où il était mort.

Les souvenirs de cette nuit-là, deux ans plus tôt, lui revinrent à l'esprit et, comme chaque fois que cela se produisait, elle sentit ses yeux s'embuer. Elle but une seconde gorgée de thé pour se donner du courage, et cligna des yeux pour refouler ses larmes. Papa était mort depuis deux ans déjà, et pourtant elle voyait encore son visage, elle entendait encore sa voix aussi clairement que si c'était arrivé la veille.

Ses doigts se crispèrent autour de la canette de thé, tandis qu'elle luttait pour chasser ses pensées si tristes. Dans l'immédiat, elle avait d'autres choses plus urgentes à considérer : Nick allait arriver d'un instant à l'autre, se dit-elle avec un petit pincement à l'estomac. D'ailleurs, essaya-t-elle de se raisonner, inutile de se mettre dans des états pareils, sous prétexte que ce somptueux individu allait venir lui rendre visite dans son appartement. Il fallait impérativement qu'elle garde la tête froide.

— Giiiiinaa...

La voix de sa mère la tira de ses rêveries et, pour la énième fois, Gina s'émerveilla de la puissance de l'organe vocal de Mama, qui traversait sans problème fenêtres et portes closes.

Elle alla ouvrir la porte de son studio et sortit sur l'étroit palier en haut de l'escalier.

— Oui, qu'est-ce qui... ?

Mais elle n'acheva pas sa phrase, car elle venait d'apercevoir Nick, debout à côté de Mama, devant l'entrée de la maison.

— Ton ami est arrivé, dit Mama.

Et Gina remercia le ciel qu'il fît assez sombre dehors pour cacher son embarras soudain.

— Je l'ai invité à prendre une tasse de café, ajouta Mama. Pourquoi ne descendrais-tu pas nous rejoindre ?

Gina sentit son visage s'empourprer. Nick, lui, semblait plutôt amusé par la situation.

— Gina ? Tu m'as entendue ? demanda Mama.

Avant de préciser, assez fort pour que même les voisins l'entendent : « Elle est parfois dans la lune, mais vous verrez, vous vous y habituerez. »

Gina ouvrit la bouche pour protester, puis elle se ravisa : inutile de se lancer dans une joute verbale avec sa mère ; de toute façon, celle-ci l'emporterait sûrement haut la main.

Alors, elle descendit l'escalier quatre à quatre.

— D'une part, maman, je ne rêvais pas, et d'autre part, Nick n'est pas mon ami, c'est mon partenaire au cours de danse, et c'est tout.

Elle nota non sans une certaine satisfaction que le sourire ironique de Nick avait disparu.

— Oh, la danse…, murmura Mama. Le père de Gina était un danseur exceptionnel.

— Vraiment ? murmura Nick d'un ton poli.

— Si élégant et si gracieux pour un homme de sa stature…, ajouta Mama.

Ses yeux avaient pris un air rêveur et Gina comprit que sa mère repensait aux soirs où son père et elle dansaient ensemble au rythme d'un vieux disque de Franck Sinatra. Elle soupira en se rappelant toutes les fois où ses sœurs et elle s'étaient cachées sur le palier du premier pour regarder, à travers la rampe de l'escalier, ses parents danser, en si parfaite harmonie l'un avec l'autre.

— Merci pour ton offre, dit-elle d'une voix ferme, un peu honteuse de tirer maman de ses rêveries. Mais Nick et moi avons à discuter.

— Et tu ne veux pas discuter devant une tasse de café ? Bon, bon, je vous laisse, ajouta-t-elle en voyant l'air déterminé de sa fille. Alors plus tard, peut-être. Au fait, jeune homme, ajouta-t-elle en posant une main sur le bras de Nick. Comment m'avez-vous dit que vous vous appeliez ?

— Nick Paretti, madame.

— Paaarfait, commenta Mama en lui tapotant affectueusement le bras. Un charmant garçon *italien*. Vous serez toujours le bienvenu à la maison, jeune homme.

— Oh, maman, je t'en prie…

Attrapant la main de Nick, Gina l'entraîna vers l'escalier et le studio.

— Courez vous mettre à l'abri, général, murmura-t-elle à son oreille, avant que Mama ne réserve l'église et n'envoie les faire-part de mariage.

5.

Nick suivit Gina en haut de l'escalier, conscient du regard de Mme Santini dans son dos.

Depuis son divorce, il avait délibérément évité tout lien avec le type de femme susceptible d'espérer une demande en mariage. Et maintenant, à cause de cette stupide histoire de punch, il avait l'impression d'avoir été jeté dans une mer infestée de requins.

Des leçons de danse, bon sang ! Mais pourquoi le commandant ne l'avait-il pas plutôt condamné au peloton d'exécution ? Ç'aurait été infiniment plus charitable.

En haut de l'escalier, Gina s'arrêta un court instant pour lui jeter un coup d'œil, avant de s'effacer pour le laisser rentrer dans son appartement.

Nick balaya du regard la pièce dans laquelle il se trouvait. Petite, mais très joliment aménagée, elle donnait une impression d'intimité chaleureuse. Un canapé confortable, décoré de coussins multicolores, faisait face à deux fauteuils assortis, de part et d'autre d'une table basse de verre fumé. Deux grosses lampes, posées sur des tables juponnées, à chaque extrémité du canapé, dispensaient une lumière chaude et douce. Une bibliothèque occupait tout le mur faisant face au canapé. Ces rayonnages, chargés de livres et de bibelots divers, entouraient une petite télévision et une chaîne stéréo.

D'où il se trouvait, il voyait la cuisine, microscopique mais impeccable, et une porte fermée sur la droite, sans doute celle de la chambre.

Son regard s'attarda un instant sur cette porte close, avant de revenir vers Gina.

— Quel appartement agréable, remarqua-t-il en enfonçant les mains dans ses poches.

— Merci, murmura Gina, qui referma la porte, avant de passer devant Nick pour entrer dans le salon.

Elle portait un jean serré, délavé par le temps et par de nombreux lavages, qui lui moulait le corps comme une seconde peau. Et un chemisier bleu pâle ouvert en un décolleté assez profond pour intéresser le regard d'un homme, sans pour autant paraître aguicheur. Et le fait qu'elle ait les pieds nus paraissait à Nick... délicieusement intime.

Erreur, pensa-t-il aussitôt, grave erreur. Ils auraient beaucoup mieux fait de se rencontrer dans un endroit public.

Surtout après la petite séance du parking l'autre soir, lorsqu'il avait failli l'embrasser.

Gina alla s'asseoir sur le canapé, repliant une jambe sous elle. Elle leva les yeux vers lui et lui indiqua le fauteuil d'un signe de la main, pour l'inviter à s'asseoir.

— Ecoutez, je suis désolée pour maman, je...

— Ne vous en faites pas, l'interrompit Nick, je vous assure que cela n'a aucune importance.

Il envisagea un instant d'aller s'asseoir à côté d'elle sur le canapé, puis se ravisa et prit place dans l'un des deux fauteuils, jugeant plus raisonnable de mettre entre eux le maximum de distance possible.

En fait, c'était la première fois qu'ils se trouvaient ensemble sans le « chaperonnage » des autres couples du cours de danse autour d'eux. A part, bien sûr, l'autre soir sur le parking, mais on ne pouvait pas dire que cela comptait vraiment : comment comparer un parking sinistre balayé par le vent froid de l'océan à ce petit salon intime et chaleureux ? Non, cela n'avait vraiment *rien* à voir.

— Je ne sais pas pourquoi elle a agi de cette façon, reprit Gina, interrompant le fil des pensées de Nick.

Bon, pensa-t-il, ils allaient pouvoir parler de leurs mères respectives. Toutes les deux italo-américaines. Vaste sujet. Qui aurait au moins le mérite de maintenir la conversation sur un terrain neutre... et sans danger.

— Je vous rappelle que je suis d'origine italienne moi aussi, dit-il. Alors faites-moi confiance, je vous assure que nos mères s'entendraient comme larrons en foire.

Gina hocha la tête, puis balaya ses cheveux en arrière d'un geste de la main, et Nick s'étonna de trouver tellement sensuel ce geste pourtant si anodin.

— Vous croyez que ça tient aux origines italiennes, ou bien que c'est un problème commun à toutes les mères ?

Il haussa les épaules et se recula dans son fauteuil, allongeant ses jambes devant lui pour affecter une décontraction qu'il était bien loin de ressentir.

— Oh, je crois sincèrement que les mères du monde entier ont une fâcheuse tendance à mettre leurs enfants mal à l'aise, mais que les mères italiennes... font preuve dans ce domaine d'un talent tout particulier.

Gina éclata de rire, et Nick remarqua, pour la énième fois, qu'il aimait vraiment beaucoup son rire.

Il pensa presque aussitôt que là n'était pas la question, qu'il était venu discuter des répétitions pour ce fichu concours, et n'était pas censé s'extasier sur la sonorité cristalline du r__e de sa partenaire.

— Je crois que maman n'abandonnera jamais, dit Gina avec un gros soupir.

— Probablement pas, j'en ai peur. La mienne est devenue monomaniaque : elle a décidé de ne me laisser aucun répit tant que je lui aurai pas « donné » — selon sa propre expression — de petits-enfants.

Gina sourit en hochant la tête d'un air de sincère commisération.

— Maman a déjà un petit-fils, le fils de ma sœur Angéla, elle devrait pourtant s'estimer heureuse. Et en plus, il vit avec elle, puisque Angéla est revenue vivre ici depuis la mort de son mari, il y a trois ans. Et puis, comme ma sœur Maria vient de se marier, le cheptel familial ne devrait pas tarder à s'agrandir de ce côté-là. Alors pourquoi diable ne concentre-t-elle pas son énergie sur mes deux sœurs aînées et leur progéniture — présente ou à venir — au lieu de me harceler dès qu'un malheureux garçon pointe son nez à la maison ?

Nick la regarda en riant, amusé d'entendre la version féminine du psychodrame qu'il vivait chaque fois qu'il retournait quelques jours dans sa famille.

— Que voulez-vous, il faut se mettre à sa place.

— Je lui ai déjà dit que je ne voulais pas me marier.

— Avant…, dit Nick, attendant qu'elle complète ce qui lui paraissait une phrase inachevée.

Gina le regarda droit dans les yeux.

— Avant rien du tout. Jamais.

Voilà qui ne paraissait pas du tout crédible à Nick. Une fille comme Gina, avec le physique de Gina, le tempérament de Gina, l'appétit de vivre de Gina, ne pouvait *pas* vouloir rester célibataire. Tôt ou tard, elle allait mettre le grappin sur un garçon, qui passerait le reste de ses jours à faire ses quatre volontés.

Non, cette idée de célibat était tout simplement inconcevable.

Inconcevable peut-être, mais intéressante, en tout cas. Etrange, tout de même, la façon dont cette rencontre — supposée consacrée aux répétitions de danse — avait évolué en discussion sur les choses de la vie.

Oui, décidément, cette fille le surprendrait toujours. Et il trouvait sa conversation intéressante. Très intéressante même.

Il s'était toujours considéré comme assez perspicace pour juger du caractère des gens. Cela venait sans doute de sa formation de marine : au bout de quelques années, on finit par acquérir un certain sens psychologique dans l'évaluation des recrues qui arrivent sous vos ordres. D'abord parce qu'il est essentiel de savoir rapidement si un type va se montrer à la hauteur ou pas.

Pour ce qui concernait les femmes... Eh bien, il avait hélas payé fort cher son expérience dans ce domaine.

Plus jamais il ne se laisserait berner par un joli visage et quelques soupirs dans le noir. Il avait compris maintenant que les femmes s'intéressaient chez lui à une seule et unique chose : l'argent de sa famille. Il ne se faisait plus aucune illusion, et était bien conscient du fait que Nick Paretti en lui-même présentait infiniment moins d'attraits que la célébrissime Paretti Computer Corporation.

— Vous ne voulez pas vous marier ? Avoir des enfants ? demanda-t-il d'une voix qui trahissait son incrédulité.

— Et vous ? répondit Gina du tac au tac.

Bien, pensa-t-il, il allait devoir répondre à quelques questions, s'il espérait que Gina réponde aux siennes.

— J'ai essayé une fois, dit-il d'un ton détaché. Enfin, le mariage, pas les enfants.

— Et alors, que s'est-il passé ?

— Disons que mon ex-femme s'est aperçue assez rapidement que, tout compte fait, ça ne l'intéressait pas du tout d'être mariée à un militaire.

Gina le dévisagea d'un air étonné.

— Vous voulez dire qu'elle vous a épousé, alors que vous faisiez déjà partie du corps des marines, et que c'est ce qu'elle vous a reproché par la suite ?

La réalité était un peu plus nuancée, pensa Nick pour lui-même. En fait, Kim avait épousé un militaire en espérant qu'il allait très vite quitter l'Armée pour aller rejoindre son père à la direction de la Paretti Computer Corporation. Lorsqu'elle s'était aperçue que Nick n'en avait nullement l'intention, et que, quoi qu'il advienne, elle ne réussirait jamais à le faire changer d'avis, alors elle avait repris sa liberté.

C'était l'argent de la famille Paretti qui l'intéressait, et elle n'avait pas un seul instant envisagé de vivre sur le salaire d'un militaire.

Nick se leva et traversa la pièce pour aller se poster devant la fenêtre.

Il se rappelait encore la peine qu'il avait éprouvée lorsqu'il s'était rendu compte que Kim ne l'avait jamais vraiment aimé, qu'elle n'avait jamais vu en lui qu'un compte en banque.

Gina le regardait, il le savait. Il sentait son regard dans son dos aussi sûrement que si elle l'avait touché. Il savait qu'elle attendait qu'il continue à parler. Qu'elle mourait d'envie d'en savoir davantage. Et, pour une raison étrange, il se rendit compte qu'il avait envie de lui raconter le reste de cette triste histoire.

Il regardait par la fenêtre, fixant sans le voir un arbre dont les branches oscillaient doucement dans le vent du soir.

— Elle croyait qu'elle allait pouvoir me faire changer d'avis, dit-il d'une voix sourde. Elle voulait que je quitte les marines pour aller travailler dans l'affaire familiale.

— L'affaire familiale ? C'est-à-dire ?

— Paretti Computer.

Il y eut une longue pause.

— Alors vous êtes ce Paretti-*là* ? murmura enfin Gina, visiblement impressionnée.

— Pas moi, non, mon père, rectifia Nick, comme il le faisait chaque fois que les gens faisaient l'amalgame.

— Wahou...

Nick faillit sourire. La réaction de Gina ne le surprenait pas. C'était classique : chaque fois que quelqu'un — homme ou femme, d'ailleurs, il devait le reconnaître — apprenait qu'il appartenait à cette famille, l'attitude changeait aussitôt du tout au tout. Les gens cessaient de le voir, lui, Nick, pour voir à sa place... des perspectives intéressantes.

Aucune raison pour que Gina soit différente de toutes les autres...

— Quelle bêtise... !

— Pardon ?

Il se tourna pour lui faire face.

— Quelle bêtise d'avoir pu croire un seul instant que vous alliez abandonner l'Armée. Enfin, Nick, seul un aveugle pourrait ne pas voir que vous êtes un marine dans l'âme, un pur et dur. Comment votre femme a-t-elle pu imaginer une seconde que vous alliez quitter ce pour quoi vous êtes fait, ce qui correspond à votre tempérament, à vos aspirations, à votre idéal de vie ?

Nick la regarda un long moment sans rien dire.

Peut-être, pensait-il, qu'il s'était complètement trompé sur Gina ? Peut-être qu'elle et Kim ne se ressemblaient pas tant que cela, après tout ? Mais peut-être, au contraire, Gina était-elle encore meilleure comédienne que Kim ? En sachant choisir exactement les mots qu'il fallait, histoire d'endormir la méfiance, de le rassurer, de l'apprivoiser, avant de porter l'estocade.

— Vous voyez, reprit Gina d'une voix douce, mon père à moi avait un garage.

C'était la première fois que Nick l'entendait s'exprimer d'une voix si douce, et il remarqua aussi que l'expression de son visage montrait clairement tout l'amour qu'elle ressentait pour son père.

— Avait ? répéta-t-il en levant un sourcil interrogateur.

Son regard rencontra celui de Gina, et il vit ses yeux s'embuer de larmes, qu'elle refoula aussitôt.

— Il est mort il y a deux ans.

— Je suis désolé, dit Nick.

Et il l'était sincèrement.

Il avait parfois connu de graves différends avec son propre père. Celui-ci avait tout essayé pour le dissuader d'entrer dans les marines. Ensuite, quand il avait enfin compris que c'était sans espoir, il avait enfourché un autre cheval de bataille en le suppliant de se marier et de fonder une famille. Mais, malgré tout, Nick n'aurait pas pu concevoir un monde sans ce père-là.

— Merci, dit Gina avec un petit sourire triste. Bref, ce que j'allais vous dire, c'est qu'à sa mort, maman, Angéla et moi, avons voulu vendre le garage.

Elle se leva et traversa la pièce pour aller choisir un CD dans le rack posé à côté de la chaîne stéréo.

— Je ne pourrais vous dire pourquoi aujourd'hui, mais, à l'époque, ça nous paraissait la chose sensée à faire. C'était compter sans Maria. Elle nous en a empêchées.

— Pourquoi ? demanda Nick.

Et il se rendit compte à cet instant qu'il parlait d'une voix aussi douce que celle de Gina, comme si tous les deux craignaient de rompre le charme.

Pour la première fois depuis leur rencontre, pensa-t-il, ils étaient en train de *parler* pour de bon.

Gina lui jeta un bref coup d'œil.

— Parce qu'elle est comme vous.

— Comme moi ? répéta-t-il sans comprendre.

— Oui, répondit Gina en haussant les épaules avec un petit sourire. C'est une mécanicienne dans l'âme, comme vous, vous êtes militaire. La mécanique et les voitures représentent sans doute à ses yeux la même chose que l'Armée pour vous. Elle a ça dans le sang. Papa lui a appris tout ce qu'elle sait, et le garage est devenu pour elle aussi important qu'il l'était pour lui.

Etrange, pensa Nick, qu'une femme avec qui il avait passé les trois dernières semaines à se chamailler, se révélât le connaître mieux que la femme qui avait juré, devant Dieu et devant les hommes, de « l'aimer et le chérir jusqu'à ce que la mort les sépare ».

Il la regarda et essaya de se concentrer sur ce qu'elle était en train de lui dire, plutôt que sur ce qu'il éprouvait en la regardant et en l'écoutant parler.

— On aurait eu à peu près aussi peu de chance de la détourner de la mécanique, que votre ex-femme de vous détourner de l'Armée.

Elle sortit un CD du rack et l'entra dans la chaîne stéréo.

— ... Et aussi peu le droit d'essayer.

Décidément, pensa Nick, Gina était pleine de surprises. Une part de lui-même voulait croire qu'elle pensait vraiment tout ce qu'elle disait. Mais l'autre part — la plus logique, la plus cynique aussi, celle qui avait pris le dessus depuis que Kim l'avait quitté — lui faisait croire que Gina ne disait probablement que ce qu'elle pensait qu'il avait envie d'entendre.

Et il avait tellement envie de l'entendre...

Les premières notes de musique résonnèrent dans la pièce, et la voix mélodieuse de Tony Bennett se joignit bientôt au piano et au saxophone, chantant une histoire de fascination et d'envoûtement — ce que Nick était justement en train d'expérimenter en ce moment précis.

Les lumières douces, la musique romantique, tous les deux seuls...

Un signal d'alarme se déclencha dans sa tête.

— Bon, maintenant que vous avez entendu mon histoire, à vous de me raconter la vôtre. Pourquoi êtes-vous aussi peu intéressée par le mariage ? Ne me dites pas que, vous aussi, avez eu un ex qui vous a guérie de vos illusions à jamais !

— Non, rien de tel, dit-elle en s'avançant vers lui.

Sa démarche suivait le rythme sensuel de la musique, et Nick pensa que si on avait pu emprisonner le sex-appeal de Gina Santini, on aurait obtenu un explosif infiniment plus puissant que celui d'une bonne vieille bombe A traditionnelle.

— Alors, quelle explication ? demanda-t-il.

Pas facile de se concentrer sur la conversation en cours, alors que la seule chose dont il avait envie, c'était de se précipiter sur Gina pour la prendre dans ses bras et l'embrasser à perdre haleine.

Elle le dévisagea un moment avant de répondre.

J'y ai pas mal réfléchi, admit-elle.

En fait, elle n'avait pensé pratiquement qu'à ça pendant un bon bout de temps. Oh, elle n'était pas si différente des autres jeunes femmes de son âge. Elle aussi avait rêvé de trouver un homme à aimer pour toute sa vie. D'avoir une ribambelle d'enfants, un chien, et peut-être même le Monospace pour aller avec. Bref, le cliché traditionnel, le fantasme absolu de la quasi-totalité des filles de son âge.

Mais maintenant la situation avait changé.

— Et alors ? insista Nick.

— Alors, je ne veux pas dépendre d'un homme, dit-elle simplement. Je veux être autonome et...

Elle marqua une pause, haussa les épaules et conclut :

— Je pense simplement que c'est mieux comme ça, voilà tout.

— Et moi, je vous garantis qu'un jour ou l'autre vous allez changer d'avis.

— Vraiment ? Et vous non ?

— Non, aucune chance.

— Qu'est-ce qui vous permet d'affirmer que *moi* je pourrais changer d'avis ?

Il la détailla lentement, de la tête aux pieds, et Gina frissonna comme s'il avait fait courir ses doigts sur tout son corps.

— N'y voyez surtout aucune remarque blessante, Gina, dit-il en la regardant de nouveau dans les yeux, mais vous ne me paraissez pas du tout le genre de femme à vivre votre vie toute seule.

— Ah non ? Et vous pouvez m'expliquer pourquoi ?

— Bon sang, mais regardez-vous !

— Que je regarde quoi, au juste ? demanda-t-elle.

— Voyons, Gina, on a l'impression que chacun de vos mouvements est étudié pour rendre fous les hommes qui vous approchent.

— Qu'est-ce que c'est que cette histoire ? s'exclama-t-elle en fronçant le sourcil.

Nick se passa une main dans les cheveux, et son visage s'éclaira d'un sourire qui troubla Gina au plus haut point.

— Princesse, ne me dites pas que vous ne vous en rendez pas compte ! Rien que de vous voir traverser une pièce porte aux sens de n'importe quel homme normalement constitué.

Gina éprouva une fois encore un délicieux petit frisson.

— ... Et vous flirtez aussi naturellement que vous respirez, ajouta-t-il.

Ça, elle l'admettait volontiers, c'était un jeu pour elle. Mais un jeu très innocent. En tout bien tout honneur, comme disait Mama. Par ailleurs, il y avait un monde entre flirter avec un homme et vouloir l'épouser.

— Désolé ma belle, mais vous n'arriverez jamais à me convaincre que vous voulez vivre sans homme.

Gina éclata de rire. Plus fort encore lorsqu'elle vit l'expression de Nick.

Vivre sans homme. Ah, c'était bien masculin comme approche du problème : alors, sous prétexte qu'elle ne voulait pas se marier, elle serait condamnée à une vie entière de virginité vertueuse ?

— Qu'y a-t-il de si drôle ? demanda Nick.

— Vous, bien sûr. Enfin franchement, Nick, dans quel siècle vivez-vous ? Je n'ai jamais dit que je voulais rentrer au couvent, j'ai juste dit que je ne voulais pas me marier. La nuance est de taille, il me semble.

— Admettons. Donc vous allez collectionner les conquêtes. Permettez-moi tout de même de vous dire qu'à notre époque, c'est monstrueusement dangereux. Mais après tout, libre à vous, bien sûr.

Gina cessa brusquement de rire. Alors, en fait, il n'existait que trois options possibles : une femme ne pouvait être que nonne, épouse, ou catin.

Elle sentit monter en elle une bouffée d'indignation.

— Permettez-moi de vous faire remarquer, que je ne me rappelle pas avoir parlé de « collectionner les conquêtes ». C'est *votre* interprétation des faits.

— Dans ce cas, je peux vous demander quelle est la vôtre ?

Sa voix était tendue, comme pleine d'une colère retenue.

— Je peux vous demander en quoi ça *vous* concerne ?

— Ça ne me concerne absolument pas, dit-il en s'avançant d'un pas vers elle.

— Parfait, dit-elle en s'avançant elle aussi d'un pas, parce que ça n'a effectivement rien à voir avec vous.

— Je sais fort bien, grommela Nick, que ce que vous faites ne me regarde en rien.

— Je ne vous le fais pas dire, répondit-elle en rejetant la tête en arrière pour le défier du regard. Je suis libre de vivre ma vie comme bon me semble.

— Eh bien, allez-y, vivez-la.

— Mais c'est exactement ce que je compte faire.

Soudain, il l'agrippa aux épaules, l'attira sans ménagement contre lui, et les seins de Gina s'écrasèrent contre son torse.

— Il n'y a rien entre nous, dit-il d'une voix sourde.

— Absolument rien, approuva Gina en passant nerveusement sa langue sur ses lèvres soudain desséchés. Elle avait l'impression que l'air de la pièce s'était raréfié, qu'elle avait du mal à respirer.

Il la serra plus étroitement encore, et Gina eut l'impression que son esprit s'embuait, et que ses genoux n'allaient pas tarder à se dérober. Comment cela était-il arrivé si soudainement ? se demanda-t-elle.

Mais au fait, était-ce vraiment soudain ?

Non, elle avait su dès le début que ce qui allait se produire entre eux était inéluctable.

A la minute même où il l'avait prise dans ses bras pour leur première danse, il y avait eu entre eux une sorte d'électricité, comme celle que l'on perçoit pendant un orage, juste avant qu'un coup de tonnerre ne retentisse et qu'un éclair ne déchire le ciel.

En somme, depuis le début, tout n'avait fait que conduire à ce moment d'explosion ultime.

Toutes ces chamailleries, toute cette tension qui était montée entre eux depuis leur rencontre, tout cela avait fait office de préliminaires.

Elle s'en était rendu compte, l'autre soir, lorsqu'il avait failli l'embrasser.

Lorsqu'elle avait eu tellement envie qu'il l'embrasse.

— Ceci est ridicule, marmonna-t-il en fouillant son regard.

— Plus que ridicule, murmura-t-elle en levant une main pour la lui poser sur son visage, et lui effleurer la joue d'une caresse.

— Grotesque et dangereux, ajouta-t-il.

Et il fit descendre ses mains dans le dos de Gina jusqu'à la chute de ses reins.

— N'oubliez pas *dangereux*.

Elle poussa un petit soupir étouffé et ferma les yeux.

— Nous ne pouvons pas oublier le danger, chuchotat-elle, s'étonnant elle-même d'arriver à parler malgré l'énorme nœud qu'elle sentait dans sa gorge.

« Respire, Gina, se disait-elle. Surtout n'oublie pas de respirer. »

— Si nous faisons ça, nous allons le regretter, dit Nick, son regard toujours rivé au sien.

— Sans aucun doute, approuva Gina d'une voix altérée.

Et elle pensa que, s'ils ne le faisaient pas, ils le regretteraient infiniment plus.

— Mais si nous ne le faisons pas, j'en mourrai, dit Nick d'une voix rauque, en écho à ses pensées.

— Moi aussi, admit-elle dans un souffle.

Elle rouvrit les yeux, et rencontra l'intensité du regard de Nick. Alors, elle comprit qu'à ce moment précis elle désirait plus que tout se laisser aller, s'abandonner à la vague de sensations qu'elle sentait enfler en elle.

Elle comprit aussi que la décision lui appartenait.

Si elle repoussait Nick, son code d'honneur lui interdirait d'insister, et la magie de l'instant se briserait aussitôt. Elle ne saurait jamais ce qui aurait pu se passer, et elle passerait le reste de ses jours à se le demander.

« Voyons Gina, se dit-elle, qui espères-tu berner ? Inutile de te mentir à toi-même, tu sais bien que ta décision était prise dès ta première danse avec Nick. C'est pour ça que tu te chamaillais sans cesse avec lui, que tu te plaignais à ta famille du fait qu'il te rendait la vie impossible. C'est parce qu'il t'avait touchée mieux qu'aucun des hommes que tu avais rencontrés jusqu'à présent. Parce qu'il te faisait éprouver des émotions que tu aurais voulu ne pas éprouver. Parce que tu avais envie de lui, alors que tu savais pertinemment que cela risquait d'être dangereux pour toi.

— Gina ? demanda Nick.

Et sa voix était rauque de désir.

Elle lui enroula les bras autour du cou et l'attira à elle.

— Alors, général, murmura-t-elle, lorsque la bouche de Nick ne fut plus qu'à un souffle de la sienne, pas de regrets, quoi qu'il advienne ?

— Quoi qu'il advienne, répéta Nick.

— Dans ce cas, embrassez-moi avant que je devienne folle.

Aussitôt, il écrasa ses lèvres des siennes, en un baiser qui les électrisa tous les deux, avec la fulgurance d'un éclair zébrant le ciel d'une chaude nuit d'été.

6.

Nick avait eu envie de Gina dès la première minute où il avait posé les yeux sur elle. Difficile à admettre pour un homme qui avait juré de se défier des femmes à tout jamais, et pourtant... Au premier regard de ses grands yeux bruns, il avait senti s'enflammer de nouveau en lui les braises qu'il croyait presque éteintes.

Gina poussa un petit gémissement, et Nick lui plaqua les mains sur les reins pour mieux l'écraser contre lui. Elle le prit par le cou, puis fit glisser ses mains le long de son dos, et Nick sentit l'empreinte de chacun de ses doigts à travers sa veste qu'il n'avait même pas pris le temps de retirer.

Quittant la bouche de Gina, il inclina la tête pour embrasser la jeune femme dans le cou, et plus bas, dans l'échancrure de son chemisier, à cet endroit qui l'avait fasciné depuis la minute où il était arrivé ce soir.

— Oh Nick..., murmura Gina en laissant retomber sa tête en arrière, tout en vacillant dans ses bras.

Il fit remonter une de ses mains pour venir emprisonner un sein qu'il se mit à caresser doucement, à travers le tissu du chemisier, tandis que Gina arquait son corps et murmurait son nom.

Il inclina la tête et vint de nouveau poser ses lèvres dans l'échancrure de son chemisier, embrassa la naissance de ses seins, déboutonna le chemisier, révélant un ravissant soutien-gorge de dentelle bleu lavande.

Sans cesser de l'embrasser, il écarta les pans du chemisier, qu'il fit lentement glisser sur ses épaules. Gina l'aida en dégageant ses bras et le chemisier tomba à terre. Alors Nick releva la tête et sourit à Gina, heureux de voir ses yeux brillants et son visage rosi par le désir.

— Oh, Nick, embrassez-moi, murmura-t-elle, embrassez-moi encore...

Elle posa les mains sur l'agrafe de son soutien-gorge, entre ses seins, mais Nick l'arrêta en couvrant ses mains avec les siennes.

— Laissez-moi faire, dit-il d'une voix très douce.

Elle déglutit avec difficulté, puis hocha lentement la tête.

Nick glissa les doigts entre ses seins, et Gina vacilla légèrement. Lorsqu'il défit l'agrafe du soutien-gorge, elle s'agrippa à lui en enfonçant ses doigts dans la chair de ses bras.

Il écarta le soutien-gorge, dénudant deux seins parfaits, et Gina ferma les yeux, tandis qu'il se penchait de nouveau pour prendre dans sa bouche d'abord l'un, puis l'autre, caressant du bout de la langue leurs pointes dressées, arrachant à Gina de petits gémissements de volupté.

Nick sentait monter en lui un désir puissant, un désir qu'il n'aurait jamais cru de nouveau ressentir avec une telle intensité.

Il se laissa tomber à genoux et Gina sursauta.

— Que faites-vous ?

— Chut..., murmura-t-il.

Et il lui déboutonna son jean, puis en ouvrit la fermeture Eclair.

— Nick...

Glissant ses mains sous la ceinture du jean, il le tira vers le bas, jusqu'à ce qu'il se retrouve en tas aux pieds de Gina. Puis il remonta et saisit entre ses doigts le délicat slip de dentelle lavande.

— Nick, je voudrais que...

— Je sais, ma belle, la rassura-t-il d'une voix douce, je sais exactement ce que vous voulez, laissez-moi faire.

Il glissa les doigts sous les côtés du slip et, en un instant, lui aussi se retrouva autour des chevilles de Gina. Elle dégagea ses pieds et soupira tandis que Nick faisait courir ses mains le long de ses jambes, effleurant sa peau en gestes très lents.

Il se pencha pour embrasser son ventre plat, et sentit aussitôt les ongles de Gina s'enfoncer dans ses épaules. Il se mit à tracer, du bout de la langue, des courbes douces, puis descendit plus bas, et s'arrêta juste au bord du triangle de boucles brunes.

Sentant tout à coup les genoux de Gina se dérober, il lui saisit les fesses à pleines mains pour l'empêcher de chavirer.

— Je vous tiens, ma belle, lui dit-il d'une voix apaisante.

— La chambre, murmura Gina dans un souffle. Allons dans la chambre.

— Pas encore, répondit-il en posant un nouveau baiser à la lisière de ses boucles soyeuses.

Gina fut parcourue d'un long frisson.

— Si ne je m'allonge pas, je vous assure que je vais tomber, dit-elle avec un petit rire étranglé.

— Pas encore, ma belle. Bientôt, je vous le promets, mais pas encore...

Lorsqu'il inclina la tête de nouveau pour venir poser ses lèvres encore un peu plus bas, Gina poussa un cri, et s'agrippa convulsivement à ses épaules. Tout en la maintenant fermement, Nick ouvrit la bouche et se mit à explorer de la langue les plis les plus intimes de son corps, tandis que Gina poussait un long gémissement de volupté pure.

Instinctivement, elle écarta davantage les jambes pour mieux s'offrir à la caresse de la langue de Nick. La tête lui tournait, elle avait l'impression que tout tanguait autour d'elle, et elle s'accrochait désespérément aux épaules de Nick, comme s'il était devenu le seul point stable d'un univers soudain emporté dans un tourbillon.

C'était si bon, si... incroyable, qu'elle aurait voulu que Nick n'arrête jamais. Lorsqu'elle osa enfin baisser la tête pour le regarder en train de lui administrer cette caresse divine, elle se sentit tout entière parcourue d'un frisson d'une violence exquise.

Hypnotisée, elle ne pouvait détacher son regard de cet homme, ce superbe marine agenouillé devant elle, qui la faisait défaillir de plaisir avec sa bouche si experte. Elle se mit à onduler doucement des hanches pour venir à la rencontre de la caresse qui la rendait folle.

Soudain, tout explosa en elle et elle poussa un grand cri, vacillant sur ses jambes à l'instant même où Nick se relevait pour la prendre dans ses bras et la soulever de terre. Il franchit en quelques enjambées la distance le séparant de la porte de la chambre, s'arrêta le temps de laisser Gina tourner la poignée pour l'ouvrir, puis alla la déposer sur son lit.

Il se recula aussitôt pour se débarrasser à la hâte de ses vêtements, et Gina eut à peine le temps d'apercevoir son corps ferme et musclé, avant qu'il ne se retrouve à côté d'elle, au-dessus d'elle.

— J'ai tellement envie de toi, Gina, dit-il d'une voix rauque.

Elle regarda dans ses yeux bleu clair, et y lut la force de son désir. Elle aussi avait follement envie de lui.

— J'ai envie de toi aussi, murmura-t-elle.

Alors, avec un grondement sourd, il s'enfonça en elle.

Elle poussa un cri étouffé, et arqua son corps tout entier, puis elle leva les jambes pour venir les nouer autour des hanches de Nick. Quelle sensation incroyable, d'avoir Nick *à l'intérieur* de son corps !

— Bon sang, Gina, murmura-t-il en plongeant son regard dans le sien.

— Quoi ? Qu'est-ce qu'il y a ?

— Rien, répondit-il en hochant la tête. De toute façon c'est trop tard.

Puis il se pencha pour prendre ses lèvres en un long baiser, qui émut Gina jusqu'au plus profond de son âme.

Au bout d'un moment, il se remit à bouger les hanches, et Gina s'abandonna au rythme de ses mouvements en elle, transportée par la magie de l'instant, savourant la sensation merveilleuse du poids du corps de Nick sur le sien.

Mais bientôt, elle sentit de nouveau son corps se contracter et, sachant cette fois-ci à quoi elle devait s'attendre, elle souleva les hanches pour venir à la rencontre de Nick, pour suivre son rythme, et l'accueillir en elle profondément, encore plus profondément, jusqu'au point où elle aurait été incapable de dire où son corps à lui s'arrêtait, et où le sien à elle commençait.

Et alors, une nouvelle fois, elle se sentit secouée par une explosion aussi violente, aussi merveilleuse que celle qu'elle avait expérimentée quelques instants plus tôt. Elle enfouit sa tête dans l'épaule de Nick pour étouffer son cri, et elle entendit, comme en écho, son grondement rauque, presque animal, qui appelait son nom.

Il retomba sur elle, et roula sur le côté en la prenant dans ses bras, et ils demeurèrent ainsi un long moment, serrés l'un contre l'autre, à reprendre peu à peu contact avec le monde autour d'eux.

« Et la dernière des vierges de la famille Santini vient de mordre la poussière », pensa Gina en souriant pour elle-même.

Je n'arrive pas à y croire, marmonna soudain Nick en se couvrant le visage avec son bras replié.

— Moi non plus, répondit Gina d'une voix douce, c'était tellement...

— Ce n'est pas ce que je voulais dire, coupa Nick en se relevant sur un coude pour pouvoir la regarder dans les yeux.

Gina frissonna devant la soudaine transformation de son regard. Toute passion avait disparu de ses yeux bleu intense, elle n'y lisait plus maintenant que méfiance et ressentiment.

— Mais alors, que voulais-tu dire ? demanda-t-elle, affreusement déçue que son petit nuage de bonheur se désintègre déjà.

— Pourquoi ne m'as-tu pas dit que tu étais vierge ? demanda-t-il d'une voix dure.

Alors, c'était *ça* son problème ? Pour l'amour du ciel, mais en quoi est-ce que sa virginité — ou plus exactement la perte de sa virginité — pouvait bien le contrarier à ce point ?

— Et pourquoi aurai-je dû te le dire ? répondit-elle, en le regardant droit dans les yeux.

— Parce que ç'aurait été honnête de me prévenir.

— De te *prévenir* ? répéta-t-elle, tandis qu'un sentiment de colère montait en elle. Je suis sincèrement désolée, dit-elle d'un ton qui ne laissait aucun doute sur le fait qu'elle n'était pas du tout désolée. J'ignorais qu'il existait dans ce domaine des règles à respecter.

— Bien sûr qu'il en existe, dans ce domaine comme dans tous les autres. S'il n'y avait pas de règles, alors le chaos régnerait.

— Je comprends, dit Gina en roulant sur le côté pour descendre du lit, parce qu'elle préférait réfléchir debout. Donc, tu t'attendais sans doute que je porte une sorte d'écriteau autour du cou, un peu comme ces pancartes sur lesquelles on peut lire « Attention chutes de pierres » ou bien « Chaussée glissante » ou encore « Danger de verglas ».

Comme il ne répondait pas et continuait à la dévisager d'un œil noir, elle haussa les épaules, et alla au pas de charge dans la salle de bains prendre son peignoir en éponge accroché à la patère derrière la porte. Elle l'enfila et revint dans la chambre pour se planter face à Nick.

— J'ai une idée, dit-elle en nouant sa ceinture d'un geste rageur. J'aurais pu écrire : « Attention, vierge, défloration souhaitée. » Ça t'aurait convenu ?

— Très drôle, marmonna-t-il.

Et il se leva pour attraper son pantalon.

— Ah, parce que, *en plus,* il faudrait être drôle ? s'exclama-t-elle, les yeux au ciel et les poings sur les hanches.

Et dire que, quelques minutes plus tôt, elle se sentait tout énamourée... !Maintenant, elle ne regrettait plus qu'une seule chose : ne pas être assez forte pour pouvoir le saisir à bras-le-corps et le balancer à travers la fenêtre.

— Tu sais quoi, Nick ? Tu devrais me mettre une liste par écrit de toutes les règles à respecter, comme ça, on ne risquerait pas de commettre d'autres erreurs impardonnables.

Tu aurais pu me le dire, un point c'est tout, répéta simplement Nick d'une voix glaciale.

Ça,c'était trop fort, se dit Gina furieuse. Elle *refusait* de se sentir coupable. Après tout, chaque femme avait le droit de choisir quand, où, et avec qui, elle souhaitait perdre sa virginité. Elle avait fait son choix, pourquoi diable aurait-elle dû soumettre sa décision à l'approbation de Nick ?

— Pourquoi aurais-je dû te dire que je n'avais jamais couché avec aucun homme ? Toi tu ne m'as pas dit avec combien de femmes tu avais déjà couché !

— Rien à voir.

— Ah non ? Et en quoi est-ce différent, tu peux me le dire ?

Il remonta la fermeture à glissière de son jean et boutonna sa ceinture avant de répondre.

— Parce que, si j'avais su que tu étais vierge, rien ne se serait passé ce soir.

— Eh bien, dans ce cas, je suis rudement contente de ne rien avoir dit !

Parce qu'après tout, pensa-t-elle, même si la situation s'était détériorée depuis, la partie purement sexuelle de la soirée avait été vraiment géniale.

Jamais elle ne se serait attendue à ressentir une telle myriade d'émotions et de sensations. Et cet espèce de grand escogriffe était en train d'essayer de tout gâcher !

— J'aimerais tout de même te poser une question, dit-il, tout en se baissant pour ramasser ses chaussettes.

— Laquelle ?

Il marqua un petit temps d'arrêt, avant de poursuivre, d'une voix très calme.

— Que crois-tu qu'il advienne quand deux personnes font l'amour ensemble sans avoir pris de précautions ?

— De précautions ? répéta-t-elle lentement.

Tandis qu'elle répétait le mot pour la seconde fois, la réalité se fraya peu à peu un chemin dans son esprit, déchirant en lambeaux ce qui restait de son petit nuage rose.

— Oh, zut...

— Eh oui, princesse, comme tu dis : oh, zut...

Gina serra frileusement les bras. Dire que c'était la seule et unique fois de son existence où elle s'était laissé guider par ses sentiments, où elle avait écouté ses émotions et seulement ses émotions...

Mon Dieu, elle n'allait tout de même pas passer sans transition de l'état de vierge à celui de femme enceinte ? Non, ça n'était pas possible...

— Je crois que nous nous trouvons là devant un problème, dit Nick. A moins, bien sûr, que tu ne prennes la pilule ?

Il avait raison d'espérer, pensa Gina, des tas de filles de vingt-quatre ans prenaient la pilule. Oui, mais, par ailleurs, il y avait fort à parier que des tas de filles de vingt-quatre ans n'étaient plus vierges depuis longtemps. Elle avait pourtant toujours cru que, lorsque le moment viendrait, elle serait préparée. Qu'elle saurait par avance ce qui allait se passer.

Mais *rien* n'aurait pu la préparer à ce qui s'était passé ce soir.

Ni à Nick.

Elle se laissa tomber sur le bord du lit, sonnée.

Nick vint s'asseoir à côté d'elle, enfila ses chaussettes puis ses chaussures, et ce n'est qu'après les avoir lacées qu'il se tourna vers elle.

— Quoi qu'il advienne, il sera toujours temps d'y penser le moment voulu. De toute façon, inutile de se ronger les sangs avant de savoir réellement à quoi nous en tenir.

Gina hocha la tête en silence. Cela paraissait raisonnable. Et froid. Et si distant, de la part d'un homme qui, seulement quelques instants plus tôt, avait été plus proche d'elle que personne ne l'avait jamais été auparavant.

— Dans combien de temps le saurons-nous ? demanda Nick.

— Dans trois semaines. Les trois plus longues semaines de ma vie, murmura Gina, tout en se demandant s'il y avait déjà dans son corps une ou deux cellules supplémentaires, et ce qu'elle allait bien pouvoir faire si tel était le cas.

Cela faisait trois semaines qu'elle connaissait Nick, et il allait falloir attendre trois semaines avant de savoir s'ils avaient conçu un enfant ensemble. Est-ce que le reste de sa vie allait, comme ça, être mesuré en tranches de trois semaines ?

— Bon, dit Nick en se relevant, alors trois semaines. Quoi qu'il en soit, princesse...

Et il attendit qu'elle lève les yeux vers lui pour continuer.

— Autant te prévenir tout de suite : je ne t'épouserai pas.

Il se faisait vraiment l'effet d'un ignoble goujat, mais, bon sang, c'était la seule manière possible de mettre les choses au point dès le départ.

Ce n'était pas parce qu'il s'était montré assez stupide, assez inconscient, pour coucher avec une vierge, qu'il allait se laisser acculer à un mariage en urgence.

Et tant pis si faire l'amour avec Gina avait été la chose la plus merveilleuse qu'il eût connue depuis des années. Oui, tant pis si ce qu'il avait ressenti dans les bras de Gina n'avait ressemblé à rien d'autre de ce qu'il avait connu jusque-là.

Non, il ne se laisserait pas piéger de nouveau. Jamais plus.

— Mais qui t'a demandé de m'épouser ? dit Gina en se levant pour lui faire face.

— Personne, reconnut-il, un peu honteux de s'être exprimé de façon aussi brutale. Personne, je... je voulais juste...

— Juste achever de tout gâcher ? dit Gina d'une voix tremblante de colère.

Il leva les deux mains en signe d'apaisement.

— Laissons tomber pour le moment, on reparlera de ça plus tard.

— Allons, général, inutile d'avoir l'air aussi angoissé, personne ne va te traîner de force jusqu'à l'autel.

— Ecoute, Gina, je ne voulais pas commencer une dispute, je voulais juste que tu saches à quoi t'en tenir.

— Eh bien, merci *infiniment* de m'avoir mise au courant. Mais permets-moi tout de même de te faire remarquer, ajouta-t-elle en le foudroyant du regard, que non seulement je ne t'ai jamais demandé de m'épouser, mais que, en plus, je me suis donnée la peine de t'expliquer que je ne *voulais pas* me marier.

— Mais ça, c'était avant qu'il y ait une chance que tu puisses être enceinte.

Gina écarquilla les yeux, horrifiée.

— Parce que tu crois — c'est bien ça que tu es en train de me dire, n'est-ce pas ? —, tu crois que...

— Que quoi ?

Avec un grondement de fureur, elle lui plaqua les deux mains sur le torse et le poussa violemment en arrière.

— Tu crois que je l'ai fait exprès ? Que j'espérais tomber enceinte pour que tu sois obligé de m'épouser ?

Il voulut s'arrêter dans le salon pour ramasser sa chemise et sa veste, mais Gina le fit reculer de nouveau, avec une force surprenante pour une femme aussi menue.

Elle ouvrit la porte d'entrée à la volée et, d'une dernière poussée, le fit sortir sur le palier.

— Tu n'as jamais dit ça, mais c'est exactement ce que tu penses, non ? Espèce d'abominable macho rétrograde, tu te crois encore au siècle dernier ? Figure-toi qu'à notre époque une femme n'a pas *besoin* d'être mariée pour élever un enfant.

— Peut-être pas, non, mais reconnais au moins que cela rend les choses plus faciles.

L'air froid soufflant de l'océan lui donna la chair de poule et, pour couronner le tout, de grosses gouttes de pluie vinrent s'écraser sur ses épaules nues. Bon sang, il s'en voulait que la soirée se termine aussi mal. Il n'avait pas voulu insulter Gina, juste la prévenir.

Ce qu'elle avait omis de faire pour lui.

Jamais il n'aurait couché avec elle s'il avait su. Les vierges étaient bien trop dangereuses. Parce qu'elles faisaient une montagne de quelque chose qui était aussi naturel que de respirer.

A l'exception, apparemment, de cette vierge-ci.

Mais après tout, il aurait pu se douter que Gina se montrerait aussi différente dans ce domaine qu'elle l'était dans tous les autres domaines. Différente de toutes les autres femmes qu'il avait connues auparavant.

— Est-ce que je peux avoir ma chemise et ma veste ? demanda-t-il simplement.

Pour toute réponse, elle lui claqua la porte au nez.

Ce fut comme si le claquement de cette porte avait brisé le ciel en morceaux : les nuages crevèrent et une pluie torrentielle se mit à tomber sur lui, comme un châtiment divin. Et le grondement du tonnerre, au loin, ajoutait encore à l'effet dramatique de la chose.

Il regarda un moment la porte fermée, se demandant s'il allait la défoncer pour exiger de Gina qu'elle reprenne la discussion…

... Mais quelques secondes plus tard, la porte s'ouvrit...

Juste assez longtemps pour que Gina lui jette en pleine figure sa chemise et sa veste, avant de s'enfermer de nouveau.

Lorsqu'il l'entendit mettre le verrou, Nick poussa un juron étouffé et descendit l'escalier d'un pas rageur, sans se préoccuper de la pluie qui ruisselait maintenant sur son dos.

7

Elle ne voulait plus le voir ! pensa Gina.

Elle se plaqua une main sur la poitrine et s'appliqua à respirer très profondément plusieurs fois de suite pour apaiser les battements précipités de son cœur. Peine perdue. Elle se sentait toujours aussi énervée.

Quel sale type ! Dire qu'il l'avait pratiquement accusée de l'avoir attiré dans un piège pour pouvoir ensuite se faire épouser !

En tout cas, une chose était sûre : si elle avait été en train de chercher un mari — ce qui n'était pas le cas — elle n'aurait voulu de celui-là sous aucun prétexte.

— Ignoble individu, fulmina-t-elle à voix haute, je ne veux même plus le *voir*.

Mais à l'instant même où elle prononçait ces mots, elle sut qu'elle mentait. « Si l'on dit un mensonge, mais que personne n'est là pour l'entendre, est-ce vraiment un mensonge ? » se demanda-t-elle.

Dieu merci, le téléphone sonna avant qu'elle ne soit obligée de répondre à cette question épineuse.

— Allô, dit-elle.

Et elle plissa le nez en entendant l'agressivité de sa propre voix.

— Gina Santini ? demanda une voix féminine, visiblement désarçonnée par un accueil aussi brutal.

— Oui.

— Cécilia Thornton, à l'appareil.

Gina réfléchit fébrilement. Thornton, Thornton... Mais oui, bien sûr : la femme du colonel de Nick — ce sale type —, qu'elle avait rencontré dans le parking, l'autre soir, en sortant du cours de danse. Leur conversation lui était complètement sortie de la tête.

— Je... Je vous dérange à un mauvais moment ? s'inquiéta Cécilia.

Le pire moment, oui, pensa Gina. Mais, d'une part il était hors de question de dire quoi que ce soit à la colonelle ; et d'autre part ce coup de fil était exactement ce dont elle avait besoin pour se sortir de l'esprit l'ignoble individu qu'elle venait de flanquer à la porte.

— Pas du tout, mentit-elle en s'appliquant à prendre un ton plus aimable.

Elle écouta la colonelle parler, et Nick Paretti passa soudain à l'arrière-plan de ses préoccupations.

Nick vérifia une nouvelle fois l'heure à sa montre, puis alla regarder par la fenêtre. La rue était pratiquement déserte. Les nuits d'hiver dans une ville de bord de mer étaient bien trop froides et trop humides pour inciter aux promenades nocturnes. Quelques rares voitures étaient garées sur le parking, attendant le retour de leurs propriétaires, mais aucune d'entre elles n'appartenait à Gina.

Marmonnant entre ses dents, Nick se retourna et balaya du regard la piste de danse, sur laquelle évoluaient quelques couples, au son d'une musique latino. Au moins, se dit-il, la désertion de sa partenaire allait le dispenser de devoir danser le cha-cha-cha...

Elle aurait tout de même pu venir au cours ce soir ! se dit-il en se passant soucieusement la main sur la nuque. Franchement, cela ne correspondait pas du tout à la Gina qu'il avait appris à connaître au cours de ces trois dernières semaines, de faire le mort ou la mauvaise tête..

Lorsqu'il était arrivé, tout à l'heure, il s'était vraiment attendu à la trouver là, prête à reprendre leur dispute là où ils l'avaient abandonnée la veille au soir.

Au lieu de quoi, elle l'avait laissé planté là comme un imbécile.

Comme une de ces pauvres malheureuses que l'on voit toujours en train de faire tapisserie aux bals de promotions des collèges.

— Alors, sergent, demanda Mme Stanton en s'approchant de lui. Qu'avez-vous fait de votre partenaire, ce soir ?

Ses yeux bleus brillaient d'une curiosité non dissimulée, et un demi-sourire relevait ses lèvres fardées de rouge vif.

— Je ne sais pas, elle a dû avoir un problème quelconque, je suppose.

« Tu parles d'un problème, pensa-t-il pour lui-même. La trouille, oui, purement et simplement. »

— Je vois... Eh bien, il n'y a aucune raison pour que vous manquiez votre cours à cause de son absence, dit Mme Stanton en tapotant d'une main son chignon laqué. Je vais donc vous servir de partenaire pour la soirée.

92

Ah, certainement pas ! pensa Nick. Il avait déjà bien assez de contrariétés comme ça sans un rajouter une !

— Merci, madame, mais je crois que je vais plutôt aller jusque chez Gina vérifier s'il ne s'est rien passé de grave, répondit-il, sans même remarquer le rictus vexé de Mme Stanton. Peut-être a-t-elle un problème de voiture, ou quelque chose dans ce genre...

Tandis qu'il parlait, d'autres possibilités lui venaient soudain à l'esprit. Après tout, peut-être qu'elle était malade ? Ou trop endolorie pour pouvoir bouger ?

Comment le savoir ? Il n'avait jamais couché avec une vierge avant et, par ailleurs, maintenant qu'il y repensait, peut-être qu'il s'était montré un peu... brutal, hier soir ?

Les souvenirs qu'il avait passé la journée à refouler affluèrent à son esprit. Les soupirs de Gina, l'expression de son visage lorsqu'il l'avait pénétrée.

En effet, en même temps que l'expression de son plaisir, il avait aussi vu l'éclair de douleur qui avait traversé son regard. Bon sang, menue comme elle l'était, il lui avait peut-être fait vraiment très mal... ?

Et m..., grommela-t-il, furieux contre lui-même de ne pas avoir pensé à ça plus tôt. Peut-être qu'elle avait passé la journée couchée, tellement elle souffrait ? Et par sa faute !

Oui, peut-être était-elle en train de se remettre ce que qu'*il* lui avait fait ?

Se passant une main sur le visage, il marmonna une excuse à l'adresse de Mme Stanton et se dirigea vers la porte.

Nick gara sa voiture devant la maison des Santini, en descendit, et referma la portière sans bruit.

Il resta là un moment, à regarder la maison de bois traditionnelle, sans prétention mais propre et accueillante, avec les lumières qui éclairaient les fenêtres de l'intérieur.

Quelques maisons plus loin, il entendit un chien aboyer et, plus loin encore dans la rue, il reconnut le bruit caractéristique d'un ballon de basket heurtant un panneau d'entraînement.

Une petite rue calme et tranquille d'une banlieue résidentielle, une de ces rues où les gens se connaissent, et où la vie se déroule paisiblement, loin de l'agitation du monde extérieur...

Il s'engagea dans l'allée qui conduisait à la maison, ses pas faisant crisser le gravier. Un vent froid se mit à souffler de l'océan, faisant craquer les branches dénudées des arbres autour de lui. Il releva le col de sa veste et leva les yeux pour regarder le ciel. Au moins, ce soir, il ne se ferait pas arroser. Les étoiles scintillaient dans un ciel d'encre, et la lune, presque pleine, projetait sur le sol les ombres des arbres et des maisons alentour.

En s'approchant de l'entrée des Santini, il entendit le son assourdi de la télévision, et le soudain éclat de rire d'un enfant. Sans doute le neveu de Gina.

Il jeta un coup d'œil à travers les rideaux d'une fenêtre du rez-de-chaussée, et s'arrêta net.

Gina n'était pas du tout allongée sur son lit de douleurs.

Voilà qui portait un sacré coup aux raisons qu'il avait échafaudées pour expliquer son absence au cours de ce soir.

94

Assise à la table de la cuisine, une coupe remplie de crème glacée devant elle, elle était en train de rire de ce que le petit garçon assis en face d'elle venait de lui dire.

Nick l'observa un bon moment. Devait-il se sentir heureux de la voir en pleine forme, ou bien furieux de voir qu'elle lui avait posé un lapin sans raison valable ?

Elle portait un sweat-shirt blanc, un blue-jean, et avait relevé ses cheveux bruns et bouclés en une courte queue-de-cheval. Elle lui parut radieuse, en pleine santé.

Et absolument ravissante.

Et dire qu'il s'était fait du souci pour elle ! Alors que, de toute évidence, elle ne s'était pas préoccupée de lui un seul instant. Du moins pas ce soir.

Il sentit la colère monter en lui et, avant même de se rendre compte de ce qu'il faisait, il alla frapper violemment à la porte de la cuisine.

Gina ouvrit la porte, souriant encore de ce que lui disait Jeremy, mais son sourire s'effaça instantanément lorsqu'elle vit que Nick était là devant elle.

Toute la journée, elle s'était obligée à repousser de son esprit l'image de Nick, en s'appliquant au contraire à se concentrer sur la méchante façon dont la soirée s'était achevée. Et à se rappeler sa colère. Sa peine, aussi.

Elle avait même décidé de manquer ce stupide cours de danse pour être sûre de ne pas voir Nick Paretti ce soir.

Et lui ne trouvait rien de mieux à faire que de débarquer chez elle ?

Oh, elle aurait dû se douter qu'il n'était pas le genre d'homme à abandonner si facilement la partie.

— Qu'est-ce que tu fais là ? demanda-t-elle d'un ton peu amène.

— Tu as manqué le cours de danse.

Comme si elle ne le savait pas.

— Je n'avais pas envie d'y aller ce soir.

— Ah. Et pourquoi ? demanda-t-il en croisant les bras sur sa solide poitrine. Serais-tu une poule mouillée, par hasard ?

Les yeux de Gina s'étrécirent.

— D'une part, je ne suis pas une poule mouillée, et d'autre part, permets-moi de te dire que je trouve ce langage pour le moins puéril de la part d'un membre du « Corps d'élite de la Nation », dit-elle d'un ton de lourde ironie.

— Bon sang, Gina, je ne plaisante pas. J'étais sincèrement inquiet à ton sujet.

Elle rejeta la tête en arrière pour pouvoir le défier du regard.

— Tu étais inquiet à mon sujet ? Et en quel honneur ? Tu t'es pourtant montré on ne peut plus clair, hier soir, quand tu m'as expliqué que tu ne voulais rien avoir à faire avec moi.

— Non Gina, j'ai seulement dit que je ne voulais pas me *marier*.

— Ça, j'avais compris, merci. A mon tour de te rappeler ce que je t'ai dit moi : *qui* t'a jamais demandé de te marier ?

Nick soupira et tendit la main pour la lui poser sur l'épaule, mais elle recula précipitamment.

96

Elle savait que le seul contact de la main de Nick sur elle pulvériserait d'un coup ses faibles défenses.

— Je t'en prie, Gina, dit-il d'une voix sourde, il faut que nous parlions.

— Ah oui ? C'est ce que nous avions commencé à faire hier soir, il me semble. Et regarde où ça nous a menés.

— Qui c'est, tante Gina ? demanda la petite voix de Jeremy derrière elle.

Elle sursauta et tourna la tête pour regarder par-dessus son épaule le petit garçon, toujours assis à la table de la cuisine. Son neveu l'observait d'un œil inquiet, et elle comprit que, si elle ne se dépêchait pas de faire sortir Nick de là, il n'allait pas tarder à poser des tas d'autres questions, avant de courir dans le salon pour raconter ce qui se passait à sa mère et à sa grand-mère.

— Juste un ami, répondit-elle avec un grand sourire, pour désarmer l'inquiétude de son neveu. J'ai besoin de lui dire quelque chose, je sors une seconde et je reviens tout de suite.

— D'accord, mais ta glace est en train de fondre, prévint Jeremy.

— Alors termine-la à ma place, d'accord ?

— Génial !

Bon, pensa Gina, elle avait au moins réussi à détourner l'attention de son neveu. Restait maintenant à gérer le problème Nick Paretti.

Elle sortit sous le porche, referma la porte derrière elle, et essaya de maintenir, entre elle et Nick, le plus de distance possible. Mais le porche était si étroit que cela ne menait pas bien loin.

— Juste un ami ? répéta Nick d'un ton incrédule.

— Tu voulais que je lui dise quoi ? Que mon amant de la nuit dernière était venu relancer la bagarre et la reprendre là où nous en étions restés ?

Elle vit sa mâchoire se crisper.

— Non, je ne suis pas venu me « bagarrer », comme tu dis. Je t'ai déjà expliqué que, en ne te voyant pas au cours ce soir, j'ai eu peur que quelque chose ne te soit arrivé.

« A part une grosse blessure à son amour-propre ? » pensa Gina, non, il ne lui était rien arrivé qui ne puisse être résolu par quelques séances chez un bon psy.

Tout ça parce qu'elle avait perdu la tête la veille au soir.

— Ecoute, Nick, je suis vraiment désolée que tu te sois inquiété pour moi, et merci de ta sollicitude. Mais, comme tu peux le voir, je vais très bien, merci. Alors, pourquoi ne repars-tu pas là d'où tu es venu ?

— Parce qu'il faut que nous parlions de ce qui s'est passé la nuit dernière.

— Oh non, certainement pas. Et puis d'ailleurs, il n'y a rien à en dire.

Elle descendit les quelques marches et s'engagea dans l'allée qui conduisait à la rue, pour éviter de se sentir si coincée entre l'impressionnante carrure de Nick et le mur de la maison.

Nick descendit derrière elle, et elle recula de quelques pas, non parce qu'elle se sentait nerveuse, mais parce que, malgré la colère qu'elle ressentait encore contre lui, elle avait parfaitement conscience que le seul fait de se trouver à côté de Nick suffisait à la troubler.

— Ecoute, Gina, je sais que tu n'es pas venue à ce cours pour éviter de me voir et...

— Absolument pas, protesta Gina d'une voix qu'elle-même trouva bien peu convaincante. J'étais juste... juste fatiguée, voilà tout. C'est pour cette unique raison que je ne suis pas allée au cours.

Elle se détourna, et affecta de remettre en place la housse de protection de la nouvelle voiture d'Angéla.

A cet instant, elle sentit les mains de Nick se poser sur ses épaules, et il la fit pivoter pour qu'elle se retrouve face à lui.

— Ça n'est pas du tout la raison pour laquelle tu n'es pas venue ce soir, et tu le sais aussi bien que moi.

Gina s'écarta pour se dégager. Mieux valait s'accrocher à la colère pour maintenir Nick à distance. C'était infiniment plus prudent.

— Je ne vois pas en quoi tu te sens concerné par la raison pour laquelle je ne suis pas venue ce soir.

— Parce que, ma belle, je me sens concerné par *toi*.

— Première nouvelle, et depuis quand ? Tu peux me le dire ?

— Depuis la nuit dernière.

— Arrête avec tes bêtises, tu veux bien ? s'exclama-t-elle.

Elle s'éloigna de la maison d'un pas décidé, parce qu'elle ne voulait pas que sa mère ou sa sœur, ou même Jeremy, ne sorte sur le pas de la porte pour voir ce qui se passait.

Une chose était sûre, en tout cas, elle n'avait aucune intention d'inviter Nick à revenir dans son appartement. Donc, l'endroit le plus sûr pour poursuivre cette discussion restait la rue. A côté de la voiture de Nick. Comme ça, il pourrait repartir sitôt qu'ils auraient terminé.

Un coup de vent froid lui ébouriffa les cheveux et lui donna la chair de poule. Ah, bravo, pensa-t-elle, pour couronner le tout, elle allait attraper une pneumonie.

Elle entendit les pas de Nick derrière elle, et se hâta pour éviter qu'il ne la rattrape.

— Bon sang, Gina, s'exclama-t-il en l'agrippant par le bras pour l'obliger à s'arrêter. Parle-moi.

— Tu veux que te parle ? déclara-t-elle entre ses dents serrées. Très bien, je vais te parler, et tu as intérêt à m'écouter. Tu n'as aucune raison ni aucun droit de te sentir « concerné par moi », comme tu le dis si bien. Tu ne veux pas de relation stable ? Grand bien te fasse, mon ami. Imagine-toi que moi non plus. Pas davantage que je n'ai envie de me coltiner un boy-scout comme garde du corps personnel.

Il la foudroya du regard, et elle eut un aperçu de ce qu'il donnait comme soldat professionnel.

— Je n'ai rien d'un boy-scout, ma belle, riposta-t-il d'un ton aussi furieux que celui de Gina. Et pour ce qui concerne ta garde rapprochée, tu ferais mieux de ne pas me faire confiance, parce que pour le moment, la seule chose dont j'ai envie, c'est de t'embrasser à en perdre haleine. Et que je pense que ça ne nous mènerait nulle part.

Gina ouvrit la bouche, mais aucun son n'en sortit. Elle sentit son cœur se mettre à battre la chamade, et aspira une grande goulée d'air froid pour se ressaisir.

— Ecoute-moi bien, général, dit-elle en se forçant à parler d'une voix aussi basse que possible.

Heureusement, à une heure pareille et avec un tel froid, tous ses voisins étaient calfeutrés chez eux, autour du feu ou devant leur télévision.

— On a couché ensemble, un point c'est tout.

Mon Dieu, mais comment osait-elle dire une énormité pareille ?

— Je ne t'ai pas demandé de m'épouser. Je ne me suis pas non plus roulée à tes pieds pour te supplier de ne pas m'abandonner. Alors, lâche-moi, tu veux bien ?

Elle vit les muscles de la mâchoire de Nick se contracter.

— C'était l'affaire d'une nuit, général, ajouta-t-elle. Rien de plus.

— Une nuit qui pourrait bien se solder par la naissance d'un enfant, dit-il en se rapprochant.

— Je ne suis pas enceinte, déclara-t-elle d'une voix qu'elle espérait ferme.

Qui sait, pensait-elle, peut-être que la bonne vieille méthode Coué ?...

— Et tu peux me dire ce qui te permet d'affirmer ça dès maintenant ?

— Je le sens.

— Mais oui, suis-je bête, j'avais oublié : tu es aussi médium.

— Toujours assez médium pour te prédire que, si tu continues, tu ne vas pas tarder à recevoir une gifle de ma part, fulmina Gina en plissant les yeux d'un air menaçant.

— Ecoute, Gina...

— Non, Nick, je ne t'écouterai pas. Ça suffit comme ça. Je t'en prie, va-t'en, maintenant.

Elle leva une main pour le dissuader de répondre, hocha la tête d'un air las, puis tourna les talons et repartit en direction de la maison.

Il demeura un moment immobile, à écouter le bruit des chaussures de Gina sur l'asphalte, puis il poussa un juron étouffé et s'élança derrière elle.

Il la rattrapa en trois enjambées, et la saisit aux épaules pour la tourner face à lui. Bon sang, il était venu pour se rassurer, s'assurer qu'elle ne comptait pas sur lui pour une relation durable ni, pire, pour un mariage. Il aurait dû être heureux, elle lui avait répondu exactement ce qu'il avait rêvé d'entendre. Tout était réglé. Elle lui avait très clairement fait comprendre qu'il ne l'intéressait pas. Elle lui avait même ordonné de rentrer chez lui.

Alors ?

Alors, pourquoi est-ce qu'il n'avait soudain envie que d'une seule chose : la prendre dans ses bras, l'embrasser, et refaire tout ce qu'ils avaient fait la nuit précédente, et plus encore ?

Cela n'avait aucun sens.

Mais en fait, depuis le soir où il avait rencontré Gina Santini, il avait vraiment l'impression que sa vie était sens dessus dessous.

— Si, Gina, tu vas m'écouter, dit-il d'une voix rauque. Tu ne peux pas prétendre qu'il ne s'est rien passé.

— Si, je le peux. Il suffit que j'arrive à m'en persuader moi-même. Simple question de volonté.

— Non, Gina, tu ne le peux pas. Tu veux que je te dise pourquoi j'en suis absolument convaincu ?

Elle fit non de la tête, mais il décida de passer outre.

— Eh bien, tant pis, je vais te le dire quand même, murmura-t-il en inclinant la tête jusqu'à ce que ses lèvres ne soient plus qu'à quelques millimètres de celles de Gina. Moi, tu vois, j'ai essayé pendant toute la journée de me persuader que rien ne s'était passé. Tu ne me demandes pas si j'ai réussi ?

Gina secoua de nouveau la tête, hypnotisée par l'intensité du regard de Nick rivé au sien.

Et alors, il l'embrassa.

Un baiser ardent, impérieux, et lorsqu'il la sentit s'abandonner sous ses lèvres, il la saisit par la taille et la souleva de terre avec un soupir sourd, tandis que Gina lui serrait les bras autour du cou tout en enroulant les jambes autour de ses hanches.

Ils s'embrassèrent passionnément, avec une violence presque animale, éperdus de désir l'un pour l'autre, seuls au monde dans cette rue déserte.

Mais soudain, une porte claqua de l'autre côté de la rue et Gina tressaillit. En une fraction de seconde, elle arracha ses lèvres de celles de Nick et se remit sur ses pieds, tremblante et hors d'haleine.

Puis elle recula d'un pas, porta la main à ses lèvres.

— Gina...

— Non.

Elle secoua la tête en signe de dénégation, et recula d'un autre pas.

— Va-t'en Nick, dit-elle d'une voix blanche, à peine audible. Je t'en prie, va-t'en.

8.

Gina se sentait tellement sonnée qu'elle serait volontiers montée dans son studio pour prendre une douche — histoire de se calmer un peu — et pour se mettre au lit. Elle aurait peut-être pu repenser, calmement si possible, à ce qui venait de se passer ce soir.

C'était, hélas, hors de question : elle avait promis à son petit neveu qu'elle allait revenir, et elle ne tenait pas du tout, si elle ne le faisait pas, à ce qu'il aille ameuter sa mère et sa sœur, qui débarqueraient séance tenante pour réclamer des explications.

Malgré le froid et l'humidité, Gina avait l'impression de se consumer littéralement, comme si des flammes invisibles lui léchaient tout le corps, de la pointe de ses pieds à la racine de ses cheveux.

C'était la faute de Nick. Il n'aurait jamais dû venir. Il n'aurait jamais dû l'embrasser.

Wahou !... Quel baiser, pensa-t-elle en se rappelant la violence presque animale de leur étreinte, la passion ardente de leur baiser.

Elle se posa une main à plat sur la poitrine, le souffle court, le cœur affolé.

« Franchement ma fille, pensa-t-elle, tu n'es pas sortie d'affaire si la seule *évocation* d'un baiser suffit à te mettre dans un état pareil... »

Ce qu'il lui fallait, c'était du temps. Du temps pour réfléchir. Du temps pour se remettre de sa propre stupidité. Pour essayer d'oublier qu'elle avait perdu la tête à la seconde même où Nick Paretti l'avait reprise dans ses bras.

Marmonnant pour elle-même des paroles rageuses contre les femmes influençables et les hommes dominateurs, elle ouvrit la porte de la cuisine et trouva, non pas son neveu, mais sa sœur aînée, qui l'attendait, assise devant les deux coupelles de glace vides.

— Où est Jeremy ? demanda Gina.

— En train de regarder la télévision, lui répondit Angéla qui se leva pour aller porter les deux coupelles dans l'évier.

Parfait, pensa Gina, le petit neveu était occupé, donc elle allait pouvoir remonter chez elle. Mais elle avait à peine posé la main sur la poignée de la porte, que la voix de sa sœur l'arrêtait.

— Alors, tu ne me dis pas qui est ce gars magnifique ?

Gina regarda par-dessus son épaule et vit l'air goguenard de sa sœur. Avec un soupir résigné, elle se tourna vers elle.

— Superbe spécimen, petite sœur, reprit Angéla avec un hochement de tête appréciateur. Si toutefois je peux te donner mon avis... Mais permets-moi en tout cas de te faire une suggestion : si tu espères un seul instant faire croire à qui que ce soit que tu ne sors pas des bras de ce garçon, alors tu devrais peut-être essayer d'effacer de ton visage cette expression hallucinée.

— Oh, ça va, Angéla, protesta Gina. Tu te prends pour un détective privé ou quoi ?

— Oui, bien sûr, avoue qu'il faut faire preuve d'un réel talent de détective pour regarder par la fenêtre et voir sa petite sœur pendue au cou d'un homme beau comme un soleil.

Aïe, pensa Gina, voilà qui était passablement gênant, comme situation.

— Tu... Tu m'as vue, mais... Et maman ?

— Non, rassure-toi, ma belle, maman était trop occupée à compter les mailles de son tricot pour te voir te lancer dans l'ascension de ton amoureux.

Gina leva les yeux au ciel.

— Allez, insista Angéla en se rasseyant sur la chaise qu'elle venait de quitter, avoue. Et je te préviens, je veux *tous* les détails.

Gina poussa un soupir à fendre l'âme, et se laissa tomber sur la chaise en face de sa sœur.

— Il s'appelle Nick Paretti.

— Non ? Le marine qui prend des cours de danse avec toi ? demanda Angéla avec un petit rire.

— Lui-même.

— Alors, explique-moi un peu, dit sa sœur en appuyant ses bras croisés sur la table et en se penchant vers Gina avec un sourire malicieux. Parce que je crains que quelque chose ne m'échappe : si je compte bien, cela fait maintenant trois semaines que tu passes ton temps à te plaindre de lui, n'est-ce pas ? Alors, que t'est-il arrivé pour que tu aies soudain changé d'attitude à son égard, et surtout de façon aussi radicale ?

— Oh, je me le demande moi-même, soupira Gina. Je t'avoue que je me sens complètement dépassée par les événements.

— En tout cas, tout à l'heure, tu n'avais pas l'air particulièrement dépassée.

— Oui, c'est bien là le problème, admit Gina. Il me plaît. Il me plaît même énormément, mais… je ne suis pas sûre d'avoir envie de sortir… sérieusement avec lui.

— Ah oui, bien sûr, maintenant je comprends beaucoup mieux, remarqua Angéla d'un ton narquois.

— Oh, je n'ai jamais dit que c'était simple à comprendre.

— Ah, tu me rassures.

« Vraiment, pensa Gina exaspérée, rien de tel que l'amour et le support d'une grande sœur quand on traverse des épreuves dans la vie. »

— Tu sais quoi, Angéla, dit-elle en se levant, c'est bien joli de rester assise dans une cave en se contentant d'expliquer à tous les gens de l'extérieur comment mener sa vie. Mais pourquoi ne t'extirpes-tu pas plutôt de ton trou pour venir nous rejoindre, un de ces jours ?

— Et c'est censé signifier quoi, au juste, cette belle métaphore ? demanda Angéla en se levant à son tour.

— Exactement ce que tu crois que ça signifie, ma grande, s'écria Gina, tout en sachant pertinemment qu'elle criait après sa sœur parce qu'elle était furieuse contre elle-même. C'est ton mari qui est mort, pas toi.

— Qu'est-ce que tu peux comprendre à tout ça ! Tu ne sais même pas comment les choses se sont passées.

— Ton mariage, tu veux dire ? C'est vrai, je ne sais pas comment ça s'est passé. En tout cas, je suis sûre d'une chose : il est bel et bien *terminé*.

Angéla paraissait aussi furieuse que sa sœur mais, tout à coup, son expression changea, et elle haussa les épaules d'un air las.

— Tu ne peux pas comprendre, Gina, pas tant que tu ne te seras pas mariée à ton tour. Alors tu sauras ce que ça veut dire de miser tous ses espoirs et tous ses rêves sur un seul homme, et les voir un jour disparaître en fumée.

Justement, Gina pensait qu'il était tout à fait déraisonnable de miser tous ses rêves et tous ses espoirs sur un seul homme — quelles qu'aient pu être les qualité de l'homme en question. Mais, par ailleurs, qu'en savait-elle *vraiment* ? Qu'en saurait-elle jamais ?

Elle soupira et se passa une main dans les cheveux.

— Je suis désolée, Angéla. Je regrette de m'être énervée après toi, c'est juste que...

— Ne t'inquiète pas, la rassura sa sœur avec un sourire un peu triste. Comme je te l'ai déjà dit tout à l'heure, quand tu te marieras à ton tour, tu...

— Je ne vais pas me marier.

— Peut-être pas dans l'immédiat, bien sûr, mais un jour.

— Non. Ni maintenant ni jamais.

— Voyons, Gina, rien ne te permet d'affirmer une chose pareille.

— Oh si..., murmura Gina, tandis qu'elle se remémorait cette nuit où, deux ans plus tôt, elle avait longuement discuté avec son père.

Elle se rappelait le vœu fait ce soir-là. Un vœu qui avait à tout jamais changé ses perspectives d'avenir.

— Gina ? dit Angéla, visiblement inquiète de l'air soudain mélancolique de sa jeune sœur. Qu'y a-t-il ? Dis-le-moi, je t'en prie.

Mais Gina nia de la tête. Elle n'avait jamais parlé à quiconque de la promesse qu'elle avait faite à son père, et elle n'allait certainement pas commencer maintenant.

— Rien, rien du tout, je t'assure. Euh... Dis bonne nuit à maman et à Jeremy de ma part, tu veux bien ?

— Bien sûr, petite sœur, bonne nuit à toi aussi.

Gina lui sourit et se dirigea vers la porte mais, à l'instant où elle l'ouvrait, Angéla la rappela.

— Tu es certaine que tout va bien ?

Gina se força à sourire en se retournant vers sa sœur.

— Tout va bien, Angéla, vraiment.

Puis elle sortit dans la nuit et ferma doucement la porte derrière elle.

— Papa, murmura-t-elle en levant les yeux vers le ciel étoilé, si tu me regardes en ce moment, alors, je t'en prie, aide-moi. J'en aurais grand besoin.

— On lui a tué son chien, ou quoi ? murmura le soldat, haletant et trempé de sueur, à l'autre soldat qui courait à côté de lui.

— Tu parles, le chien a dû se tuer lui-même, juste pour être sûr d'être délivré de ce *malade*, répondit l'autre.

Le premier soldat eut un petit rire, vite cassé par l'irruption de Nick qui arrivait à sa hauteur.

— Quelque chose de drôle, soldat ? demanda celui-ci, sans ralentir sa foulée.

— Non, sergent, répondit le soldat.

— Pour ton information, soldat, sache que je n'ai pas de chien ! cria Nick. Mais si j'en avais un, ce serait un vrai chien de marine : trop difficile à tuer, trop dur pour mourir.

— Oui, sergent, acquiesça le soldat à bout de souffle.

— Maintenant, tais-toi et cours avant que je ne m'énerve pour de bon ! hurla Nick.

Les yeux du soldat s'écarquillèrent tellement qu'on aurait cru qu'ils allaient lui sortir de la tête. Mais Nick pensa que, curieusement, cela ne lui procurait aucune satisfaction de savoir qu'il avait le pouvoir de terrifier ses jeunes recrues.

Par ailleurs, *rien* ne lui procurait plus aucune satisfaction, depuis le moment où il avait quitté Gina, l'avant-veille au soir.

Il avait tout essayé pour s'occuper le corps et l'esprit. Pour tâcher de ne plus penser à elle. Mais rien n'y avait fait : Gina l'obsédait nuit et jour.

Même emmener ses soldats pour une course de quinze kilomètres n'avait pas suffi à lui libérer l'esprit. Non. Il avait découvert qu'il pouvait en même temps courir et penser à Gina. Le martèlement des douzaines de pieds des soldats qui couraient avec lui résonnait à ses oreilles comme une seule phrase : « Appelle-la, appelle-la. »

Mais à quoi est-ce que cela pourrait bien le mener ?

Il ne cherchait pas une relation stable, alors que, pour Gina, la notion même de « passade » était inconcevable. Alors, après tout, se disait-il, peut-être vaudrait-il mieux qu'il fasse ce qu'elle lui avait demandé, et garde ses distances avec elle ?

Dans trois semaines, il lui passerait un coup de téléphone, pour voir si Dieu avait oui ou non le sens de l'humour, et ensuite...

Eh bien, ensuite, ils pourraient reprendre chacun le cours de leurs vies respectives. Séparément.

Oui, pensa-t-il en serrant les dents, c'est ce qu'il allait faire, même si cela devait les tuer, lui et tous les soldats de sa patrouille.

— Cinq miles de plus ! cria-t-il d'une voix rauque.

Et, ignorant le chœur de protestations de ses hommes épuisés, il allongea sa foulée pour accélérer le rythme de sa course.

— Merci d'être venue, dit Cécilia Thornton en versant à Gina un verre de thé glacé.

— Oh, je vous en prie, répondit Gina dans un sourire, je suis absolument ravie. Vous allez voir qu'on va bien s'amuser.

Elles venaient de passer une heure à étudier tous les détails de l'organisation du barbecue de la colonelle.

— ... Et je vous assure que cela sera très réussi, ajouta Gina, pour achever de dissiper la nervosité évidente de son hôtesse.

— Quelle chance que vous, au moins, en soyez certaine, s'exclama celle-ci avec un petit rire. Moi, franchement, l'organisation de festivités de ce genre, ça n'est pas du tout mon truc.

— Aucune importance, et ne vous inquiétez surtout pas : j'adore organiser tous les genres de festivités. Donc, détendez-vous et laissez-moi faire, je me charge de tout.

111

En fait, avoua-t-elle avec un sourire malicieux, ce que j'espère, surtout, c'est que beaucoup de vos amies penseront comme vous, et auront donc envie de suivre votre exemple et de me confier l'organisation de leurs soirées. Comme je vous l'ai déjà dit l'autre soir, je compte monter un jour — le plus tôt possible — ma propre affaire. Alors votre barbecue représente pour moi une chance inespérée de me faire connaître. Vous voyez, c'est la rencontre de deux intérêts : vous vous faites aider pour quelque chose qui vous... vous « enquiquine », dirons-nous, et moi, je me fais de la publicité. Que demander de plus ? conclut-elle avec un rire joyeux.

Quelle chance inespérée, en effet, pensait-elle, que Nick et elle aient rencontré la colonelle, sur le parking du cours de danse, l'autre soir. Sur le moment, Gina n'avait pas parlé à Nick du sujet de sa brève conversation avec la colonelle.

A ce moment-là, elle se le rappelait, il lui avait paru absorbé dans ses pensées. Et maintenant, elle se félicitait de ne pas l'avoir fait. S'il avait su qu'elle venait à Pendleton voir la femme de son colonel, il aurait sûrement voulu la voir, et elle ne se sentait pas prête à le rencontrer pour le moment.

Les deux derniers jours lui avaient déjà semblé bien assez difficiles à vivre.

Elle les avait passés à attendre. Attendre qu'il téléphone ou qu'il frappe à sa porte.

Et quand elle avait vu qu'il ne faisait ni l'un ni l'autre, elle avait été incapable de dire si elle se sentait soulagée ou bien déçue.

— Alors, où en étions-nous ? demanda Cécilia Thornton, ramenant brusquement Gina à la réalité présente.

— Je pense que nous devrions mettre l'accent sur la décoration du patio, répondit Gina en tâchant d'insuffler à sa voix autant d'enthousiasme que possible.

— Oh, je vous fais toute confiance, approuva la colonelle avec un grand sourire. Et vous n'imaginez pas quel soulagement c'est pour moi que vous ayez accepté de m'aider ! Vous savez, je tiens vraiment à faire bonne impression, pour ma première réception à Pendleton.

— Rien que de très normal, et je le comprends parfaitement.

— Mon mari pense que je me fais une montagne de pas grand-chose, ajouta la colonelle avec un soupir, mais vous connaissez les hommes : ils sont toujours persuadés qu'il suffit de savoir allumer un barbecue pour réussir un dîner. Alors il m'a offert un magnifique appareil dernier cri — qu'est-ce que je dis, il m'a offert ? Il s'est offert ce superbe barbecue — et il pense par conséquent qu'il a d'ores et déjà résolu le problème de l'organisation du dîner.

Gina éclata de rire, enfin détendue pour la première fois depuis ces deux derniers jours.

Bien sûr, elle se sentait encore un peu coupable d'avoir laissé la colonelle croire que Nick et elle sortaient ensemble, mais, pensa-t-elle, ils pourraient toujours, après la soirée, prétendre s'être disputés.

Et personne ne saurait jamais rien de leur mensonge.

Mais oui, se rassura-t-elle, tout allait s'arranger sans problème.

A cet instant, on frappa à la porte et la colonelle se leva avec un grand sourire.

— J'ai une surprise pour vous.

— Pour moi ? s'étonna Gina en la regardant traverser le salon en direction de l'entrée.

Lorsque la porte s'ouvrit, elle eut soudain l'impression que le sol se dérobait.

— Bonjour, madame, salua Nick tout en se demandant pourquoi diable la femme de son colonel lui avait demandé de passer chez elle ce soir.

Encore fatigué par sa nuit sans sommeil, et par sa longue course à pied avec ses hommes, il avait prévu de s'arrêter prendre un verre au bar des sous-officiers, lorsqu'on lui avait transmis un message de la colonelle, demandant à ce qu'il fasse un détour par chez elle avant de rentrer ce soir.

— Entrez donc, sergent, lui dit Cécilia Thornton avec un grand sourire, avant de s'effacer pour le laisser passer devant elle.

— Merci, madame, je…

Il s'arrêta net, en apercevant Gina assise dans l'un des fauteuils du salon. L'espace d'un bref instant il se demanda s'il n'était pas victime d'hallucinations — après tout, que pouvait bien faire Gina ici, à Pendleton, chez la femme de son colonel ? Mais la mine stupéfaite de Gina dissipa vite ses doutes : elle était bel et bien réelle.

— Surprise, surprise !…, chantonna la colonelle. J'ai pensé que cela vous ferait plaisir à tous les deux de vous apercevoir un moment, puisque Gina était venue me voir à Pendleton.

Nick n'arrivait pas à détacher son regard de la femme qui hantait ses nuits et ses jours. Il se passa une main dans les cheveux, et s'appliqua à sourire de façon à peu près convaincante.

— Gina, quelle surprise ! Que fais-tu ici à Pendleton ?

— Elle ne vous avait pas parlé de notre projet ? s'étonna la colonelle en se tournant vers Gina. Oh, je suis désolée, j'espère que je n'ai pas commis d'impair ? Vous vouliez peut-être réserver la surprise à Nick, pour le soir du barbecue ?

— Oh non, pas du tout, se défendit Gina. C'est juste que j'avais complètement oublié de lui en parler. Nous avons été tous les deux si occupés ces derniers temps...

Occupés, pensa Nick, tu parles. Occupés à s'éviter l'un l'autre, oui.

Dire qu'il s'était donné un mal de chien pour s'empêcher d'aller la voir chez elle. Et voilà que là, tout à coup, il la retrouvait à Pendleton. Sur son territoire à lui.

Et aussi parfaitement à l'aise que si elle se trouvait chez elle.

— Bon, dit la colonelle en les regardant l'un après l'autre, pourquoi ne sortez-vous pas un instant profiter de ce superbe coucher de soleil ? J'ai encore une ou deux bricoles à préparer dans la cuisine avant que Jim ne rentre.

— Oui, madame, merci, madame, répondit Nick d'un ton un peu raide.

Il traversa la pièce en deux enjambées et, sans laisser à Gina le temps de protester, la saisit par le bras et l'entraîna dans le jardin en passant par la porte-fenêtre.

Une fois dehors, il continua à avancer au pas de charge, ne s'arrêtant que lorsqu'ils eurent atteint la haie clôturant la grande pelouse, assez loin de la maison pour qu'on ne puisse pas les entendre.

— Maintenant, explique-moi un peu : qu'est-ce que c'est que cette histoire de « projet » avec la colonelle ? Et que fais-tu ici ?

— Bonsoir, sergent, quel plaisir de vous retrouver, susurra Gina d'un ton suave, avant de dégager brusquement son bras.

— Réponds-moi : qu'est-ce que tu fais ici ?

Gina haussa les épaules d'un air agacé.

— La femme de ton colonel m'a engagée pour organiser son barbecue.

— Parce que tu organises des barbecues, toi, maintenant ?

— Pas encore à titre personnel, non. Pour le moment, je travaille à mi-temps chez un traiteur. Mais je compte bien monter dès que possible ma propre affaire d'organisation de soirées, expliqua-t-elle en relevant le menton d'un air de défi, comme si elle s'attendait qu'il fasse un quelconque commentaire ironique.

— Admettons, dit Nick d'une voix grave, donc tu organises des soirées. Mais peux-tu me dire comment tu te retrouves à organiser une soirée ici, à Pendleton, pour la femme de mon colonel ?

— C'est pourtant très simple. Tu ne te rappelles pas, ce soir où nous l'avons rencontrée, en sortant du cours de danse, sur le parking ?

Oh, si, il se le rappelait fort bien.

— Eh bien, on a bavardé deux minutes. Elle m'a demandé ce que je faisais, je le lui ai expliqué, elle a pris mon numéro de téléphone, et voilà.

116

Nick fronça le sourcil en se remémorant la scène. Il croyait en effet se souvenir d'avoir entendu les deux femmes échanger quelques paroles, pendant que lui réfléchissait à la façon de réussir à garder secrets ces fichus cours de danse. Bon sang, ça n'avait pourtant duré que quelques minutes, et elles avaient eu le temps de se dire tout ça ?

— Mais je croyais que tu étais étudiante ?

Il était également certain de se rappeler qu'elle lui avait dit avoir cours tous les vendredis soir.

— Je le suis, en effet. Et je travaille aussi à mi-temps, pour aider à payer mes études. Mais dès que j'aurai obtenu mon diplôme, je monterai ma société. Comme tu le vois, je suis une femme pleine de ressources.

Voilà qui ne faisait pas l'ombre d'un doute, pensa Nick. Et dire qu'il l'avait surnommée « princesse » en l'accusant d'être pourrie gâtée... Après ce qu'elle venait de lui expliquer, elle devait avoir des journées au moins aussi denses que les siennes.

— Ecoute, dit Gina d'une voix soudain radoucie, je suis sincèrement désolée si ma présence à Pendleton te pose un problème. Mais j'ai *vraiment* besoin de ce job. Si la femme de ton colonel est satisfaite de mes prestations, alors j'espère qu'elle me servira de référence et que les épouses des autres sous-officiers auront, elles aussi, l'idée de faire appel à mes services.

Pour travailler encore plus souvent à Pendleton ? Mon Dieu, pensa Nick, voilà qui n'allait pas précisément lui simplifier la vie. Mais après tout, au nom de quoi empêcherait-il Gina de travailler ?

Il devait reconnaître qu'il était, une fois de plus, impressionné par l'énergie et la détermination de ce petit bout de femme.

Et puis, de toute façon, il n'était affecté à la base de Pendleton que pour une période de dix-huit mois. Alors, il trouverait bien le moyen de se faire une raison pendant la durée de cette affectation.

Se faire une raison pour quoi, au juste ? Il se demandait ce qui serait le plus dur : voir Gina, ou bien ne *pas* la voir.

— Remarque, nous ne serons pas obligés de nous croiser à tout bout de champ, dit Gina. La base me paraît très grande.

— L'une des plus grandes des Etats-Unis, en effet, reconnut Nick avec un petit sourire.

— Alors, ça ne te posera pas trop de problèmes ?

Oh si, ça allait lui poser un problème. Et de taille. Mais qui n'avait rien à voir avec le fait que Gina organise ou non des soirées pour les épouses de tous les marines de la base.

Non, son problème, c'était qu'il commençait à beaucoup trop s'attacher à Gina Santini. A penser à elle trop souvent. A attendre avec impatience le moment de la revoir.

Autant le reconnaître, elle avait subrepticement réussi à contourner les barrières qu'il s'était donné tant de mal à ériger autour de son cœur.

Maintenant, il lui restait à déterminer si, oui ou non, il se sentait prêt à la laisser aller jusqu'au bout.

— Je suppose que non, répondit-il enfin, tout en levant la main pour repousser du front de Gina une mèche qui lui retombait dans les yeux.

Des yeux qui hantaient ses nuits sans sommeil.

Elle frissonna lorsque les doigts de Nick lui effleurèrent la tempe.

— Nick, je t'en prie...

Il laissa retomber sa main, et se demanda où diable avait disparu la force de sa volonté, maintenant qu'il se tenait devant Gina.

Il n'avait pas *voulu* s'attacher à elle, et pourtant...

— Bon sang, Gina, murmura-t-il d'une voix rauque, tu me manques affreusement. Ne pas te voir me manque. Ne pas t'embrasser...

— Je t'en prie, Nick, répéta Gina.

Elle recula d'un pas et le regarda un long moment en silence.

— Tu me manques aussi, dit-elle enfin dans un souffle.

— Sergent ? Gina ? les appela Cécilia Thornton depuis la maison. Le colonel vient de rentrer, vous venez vous joindre à nous pour prendre un verre avant de repartir ?

Gina détacha les yeux de ceux de Nick et se dirigea d'un pas vif vers la maison. Et Nick crut l'entendre murmurer : « sauvée par le gong ».

9.

Gina chercha à s'étourdir de travail.

Pour s'empêcher de penser. De se rappeler. De ressentir au creux de son ventre ce désir inassouvi, cette terrible frustration.

Elle passa sa matinée dans les bureaux du traiteur pour lequel elle travaillait, à dresser l'inventaire d'une montagne de fournitures professionnelles de toutes sortes, depuis les serviettes de table jusqu'aux flûtes à champagne. Elle compta et recompta jusqu'à en avoir le tournis.

En sortant, elle fit la tournée de la demi-douzaine de magasins qui vendaient des articles pour l'organisation de soirées, et proposaient une foultitude d'objets, des plus classiques — chandeliers en fer forgé ou photophores de verre multicolore — aux plus farfelus — gorilles empaillés ou martiens en papier aluminium — à la recherche des éléments de décoration qui assureraient le succès de la soirée de Cécilia Thornton.

Dès qu'elle eut terminé sa tournée, elle enchaîna directement sur la faculté... et sur un cours de philosophie qui l'ennuyait à mourir.

Et c'était là qu'elle se trouvait, assise au fond de la classe, à moitié endormie, priant le ciel pour que les gargouillis de son estomac ne finissent pas par couvrir le soporifique monologue du professeur.

— Gina, murmura le garçon assis à côté d'elle.

Elle cligna des yeux, se tourna vers lui, et s'efforça de lui sourire. Mike Gilhooley était un type sympa, mais c'était là tout ce qu'elle lui trouvait : il était sympa, rien de plus. Pourtant, avec ses longs cheveux blonds décolorés par le soleil, ses yeux bleus et son bronzage parfait, il aurait pu poser pour une publicité vantant le paradis pour surfeurs des plages californiennes.

Mais était-ce sa faute, à lui, si elle le comparait sans cesse au grand marine aux cheveux coiffés en brosse, au regard d'acier et à la stature impressionnante ? Parce qu'en fait, se disait-elle, comparés à Nick Paretti, la plupart des hommes faisaient pâle figure.

— Qu'est-ce qu'il y a ? murmura-t-elle pour répondre à son voisin, avant de grimacer de confusion, parce que son estomac venait de nouveau de se rappeler à son attention par un gargouillis particulièrement sonore.

Ah, si seulement elle avait pensé à s'acheter un sandwich, tout à l'heure, après avoir terminé ses courses pour Cécilia Thornton. Elle n'avait rien avalé depuis son petit déjeuner, et elle défaillait littéralement de faim. De fatigue aussi, d'ailleurs. Ce qui n'arrangeait vraiment pas les choses.

Mike lui fit un clin d'œil malicieux.

— A entendre ton estomac crier famine, je me disais que je pourrais peut-être t'emmener manger un morceau, ce soir, en sortant du cours.

— Merci, Mike, répondit-elle en jetant un coup d'œil au professeur, occupé à détailler au tableau le plan de son cours pour le semestre à venir. Mais franchement, ce soir, je suis beaucoup trop fatiguée. Je crois que je préférerais rentrer à la maison et me coucher.

— Dois-je considérer ça comme une invitation ? demanda Mike en levant un sourcil ironique.

— Non, Mike, vraiment pas, répondit-elle en lui souriant gentiment.

Cela faisait plusieurs semaines, maintenant que Mike essayait de la convaincre de sortir avec lui, mais cette perspective ne la tentait pas le moins du monde.

Ce qui ne l'empêchait pas d'admirer la persévérance du garçon.

Il haussa les épaules avec un petit sourire, puis reporta son attention sur le professeur. Gina, elle aussi, regarda vers l'estrade, mais elle n'écoutait pas le professeur, non, elle laissait son esprit vagabonder.

Ce qui, comme toujours ces derniers temps, la ramena bien sûr à Nick Paretti.

Le rencontrer chez Cécilia Thornton ne lui avait pas paru une situation très facile, mais il allait sans doute falloir qu'elle se fasse à l'idée. Si elle avait l'intention de se créer un fichier de clientèle avec les épouses de militaires de la base de Pendleton, cela risquait de l'amener à tomber sur Nick un certain nombre de fois.

Elle sentit ses paupières s'alourdir, tandis que la voix du professeur lui paraissait s'éloigner, et ne devenir plus qu'un fond sonore monocorde. Elle laissa son esprit voguer au gré de ses pensées, et elle s'endormit.

— Hé, Gina !

Elle sursauta si violemment en sentant son voisin lui secouer le bras, qu'elle se cogna le genou contre l'armature métallique de son bureau et étouffa un petit cri de douleur.

Clignant des yeux comme une chouette réveillée en plein jour, elle vit le visage de Mike qui lui souriait.

— Qu'est-ce qui se passe ?

— Rien de grave, rassure-toi. Je voulais juste te réveiller, répondit Mike en se levant et en basculant sur son épaule son sac à dos rempli de livres. Ça fait près d'une demi-heure que tu dors à poings fermés.

— Oh non…, murmura Gina qui jeta rapidement un coup d'œil autour d'elle. La salle était en train de se vider de ses étudiants et le professeur était déjà parti. Dieu merci, personne, à part Mike, ne semblait avoir remarqué sa petite sieste.

— Ne t'inquiète pas, tu n'as pas perdu grand-chose, de toute façon. Le prof a passé presque tout le cours à nous raconter son dernier voyage au Népal.

— Fascinant, je suppose ? demanda Gina en se frottant les yeux.

Elle se sentait déjà beaucoup moins coupable de s'être endormie : cette petite sieste avait sans doute été infiniment plus bénéfique pour son organisme que ne l'aurait été le récit des vacances de ce cher Pr Johnson.

— Absolument passionnant, répondit Mike en riant.

Puis il cessa de rire et se pencha pour examiner Gina sous le nez, le sourcil froncé d'inquiétude.

—Tu es sûre que tu es en état de conduire jusque chez toi ? Si tu veux, je peux te ramener et…

Oh non, pensa Gina, qui préférait ne surtout pas encourager Mike de quelque manière que ce soit.

— Non, non, je vais bien, je t'assure. Merci quand même.

— Tu ne me parais pas exactement dans une forme olympique, insista Mike.

— Olympique, peut-être pas, concéda Gina avec un sourire un peu las, mais je t'assure que ça ira. Je ne vais pas loin.

— Si tu en es certaine..., dit-il d'un air peu convaincu.

Il avait bien raison de ne pas l'être, pensa Gina : la seule pensée de devoir marcher jusqu'au parking où elle avait garé sa voiture l'épuisait déjà à l'avance.

Rien que de très compréhensible : cela faisait plusieurs nuits qu'elle dormait à peine quelques heures. Et encore, d'un sommeil agité, peuplé d'images de Nick, du souvenir de ses mains sur son corps, de ses baisers, de sa voix, de ses yeux...

Avant que Mike ne revienne à la charge, Gina se leva et se dirigea vers la porte.

« Allons, ma fille, se disait-elle, concentre-toi : en faisant attention de bien mettre un pied devant l'autre, tu devrais pouvoir arriver jusqu'à la voiture. »

Nick attendait sur la pelouse devant le bâtiment des Sciences humaines. Adossé au tronc d'un arbre, il gardait les yeux rivés sur l'entrée principale, jetant de temps en temps un bref coup d'œil à sa montre pour vérifier l'heure.

Presque 10 heures. « Le cours devrait être terminé, maintenant », pensa-t-il en balayant du regard le campus autour de lui.

Même à cette heure tardive, les lampadaires projetaient des taches claires sur les allées et les abords du parking, mais laissaient encore beaucoup trop de zones sombres au goût de Nick qui, en véritable soldat, pensait avant tout au problème de la sécurité.

« Ah, bravo », se dit-il, il ne lui manquait plus que ça : imaginer Gina seule le soir en train de se rendre à son parking à travers un campus presque désert et pas assez éclairé.

Mais au moment même où cette pensée lui venait à l'esprit, il sut que Gina, si elle avait connu ses inquiétudes, l'aurait encore traité d'abominable macho rétrograde, et lui aurait expliqué — en termes choisis — qu'elle était parfaitement capable de prendre soin d'elle-même.

Peut-être qu'elle l'était, en effet, mais cela n'empêchait pas pour autant Nick de se faire du souci.

Bon sang, pensa-t-il, il n'était pas venu pour élucubrer sur les conditions de sécurité du campus de Gina.

Non, pas du tout. Il se redressa, enfonça ses mains dans les poches de son jean. Il était venu pour qu'ils mettent tous les deux les choses au point. Il fallait, une bonne fois pour toutes, qu'ils établissent des règles à respecter.

Il avait longuement — *très* longuement — réfléchi, et il était parvenu à la conclusion que Gina avait raison : la seule chose qui leur restait à faire — la seule chose *raisonnable* —, c'était de s'éviter l'un l'autre.

Premièrement, il allait commencer par arrêter de se rendre à ces fichus cours de danse. De toute façon, il en avait appris largement assez pour se garantir de ne plus jamais flanquer une femme de commandant dans un saladier rempli de punch. Et puis, il en profiterait pour essayer de dissuader Gina de participer à son fameux concours. Pour son bien, évidemment. Inutile de lui rendre les choses plus difficiles que nécessaire.

Les grandes portes de verre du bâtiment des Sciences humaines s'ouvrirent enfin, et quelques étudiants en sortirent, le bruit de leurs rires et de leurs conversations paraissant anormalement amplifié dans le silence de la nuit. Un autre groupe, plus nombreux, apparut à son tour, et se dispersa à peine sorti du bâtiment, chacun se hâtant de quitter l'université pour aller s'adonner aux activités plus réjouissantes d'un vendredi soir.

Le pouls de Nick s'accéléra, et il refusa d'analyser cette sensation, de crainte de ne pas du tout aimer ce qu'il risquait de découvrir.

Une ou deux filles jetèrent un coup d'œil dans sa direction, mais il y prêta à peine attention, trop occupé à scruter les visages qui passaient devant lui, à la recherche de l'unique personne qu'il avait envie de voir.

Et tout à coup, il la vit : elle poussait les portes vitrées et souriait à un grand type blond au physique de surfeur qui lui parlait avec animation.

Nick fronça le sourcil et ses poings se crispèrent au fond de sa poche, tandis qu'il éprouvait une soudaine — et inhabituelle — bouffée de jalousie.

Et dire qu'il s'était toujours moqué des idiots qui fulminaient chaque fois que leur petite amie souriait à un autre type...

Non, décidément, il n'aimait pas du tout la façon dont ce bellâtre regardait Gina. Pas davantage, d'ailleurs, qu'il n'aimait la façon dont elle lui souriait.

Bon sang, ç'aurait pourtant dû lui être parfaitement égal. Gina était libre, non ?

Il attendit qu'ils arrivent à sa hauteur et vint se planter juste devant eux.

Il toisa le garçon d'un air peu amène, avant de se tourner vers Gina.

— Nick, dit-elle, qu'est-ce que tu fais là ?

Dans la lumière blafarde des réverbères, il vit à quel point elle était fatiguée.

— Je t'attendais, répondit-il, jetant au grand blond un regard appuyé pour bien lui faire comprendre qu'il dérangeait. Nous avons à parler.

— Oh non, Nick, dit-elle en secouant la tête d'un air las, je suis beaucoup trop fatiguée pour ce genre de… conversation, ce soir.

Elle plaisantait ? Cela faisait plus d'une heure qu'il faisait le pied de grue sur ce campus désert à attendre qu'elle sorte de son cours, et elle s'imaginait qu'elle allait le renvoyer chez lui, comme ça, sans même lui avoir accordé un instant ?

— Gina…, insista-t-il d'une voix sourde.

— Ce type t'embête, Gina ? demanda le blond.

— Toi, mon garçon, je te conseille de te mêler de ce qui te regarde, dit Nick tout en reconnaissant pour lui-même que le garçon ne manquait pas de cran.

Gina s'interposa entre eux, et posa la main sur l'avant-bras du surfeur.

— Ça va, Mike, dit-elle, Nick est un… ami.

Un ami ?

— Tu en es sûre ?

— Mais oui, elle en est sûre, répondit Nick d'un air agacé. Puisqu'elle te le dit.

Le garçon paraissait peu convaincu, mais Gina lui sourit et lui tapota le bras en un geste rassurant, alors il la salua d'un signe de tête et s'éloigna en direction du parking.

N'importe quel autre jour, Nick aurait félicité ce garçon pour avoir essayé de protéger une jeune femme mais, ce soir, il ne voulait aucune interférence entre Gina et lui. Et puis d'ailleurs, si elle avait besoin d'être protégée, eh bien, *lui* était là.

Quant au fait que Gina l'ait présenté comme un « ami »... Après tout, il supposait que cela valait sans doute mieux que d'être considéré comme un ennemi.

Une fois qu'ils se retrouvèrent seuls dans l'allée, tous les autres étudiants ayant rejoint leurs voitures ou s'étant dispersés sur le campus, Nick tendit la main pour prendre les livres que tenait Gina.

Elle faillit refuser, il le vit dans ses yeux, puis elle se ravisa, visiblement trop fatiguée pour entamer une discussion sur ce point.

Elle les lui tendit, s'engagea dans l'allée qui conduisait au parking, et Nick lui emboîta le pas.

— Comment as-tu su où me trouver ? demanda-t-elle.

— Je suis passé chez toi, j'ai parlé à ta sœur.

— A Angéla, je suppose.

— Oui, dit-il en repensant à son entrevue avec la grande sœur de Gina.

Angéla aurait vraiment fait un excellent marine : elle l'avait détaillé des pieds à la tête et l'avait bombardé

128

d'une foule de questions, avant d'accepter de lui dire où il pourrait trouver Gina. Pas vraiment confiante, comme genre de fille. Par ailleurs, comment aurait-il pu le lui reprocher ? Elle ne le connaissait ni d'Eve ni d'Adam.

— Alors ? demanda Gina, ce qui ramena sur elle l'attention de Nick. Pourquoi es-tu venu me voir ? Tu as changé d'avis à propos du fait que je puisse organiser des soirées pour les femmes de militaires basées à Pendleton ?

— Non, répondit-il, tout en pensant que cela lui simplifierait tout de même rudement la vie si elle y renonçait.

— Alors quoi ? insista-t-elle tout en farfouillant dans son énorme sac, d'où elle extirpa les clés et la lampe torche qu'il avait déjà vues.

Elle l'alluma et en dirigea le faisceau vers les quelques voitures disséminées sur le parking. Elle procédait méthodiquement, éclairant d'abord chaque voiture, puis ensuite ses abords, les coins d'ombre où quelqu'un aurait pu se tapir en embuscade. De toute évidence, elle avait l'habitude d'agir de cette façon.

Cela rassura Nick, de voir qu'elle se montrait si prudente, mais cela le contraria aussi, et beaucoup plus qu'il n'aurait voulu l'admettre, de penser qu'elle se retrouvait souvent seule le soir sur ce campus.

Mais au fait, se reprit-il, n'était-ce pas précisément pour cette raison qu'il était venu la voir ce soir ? Pour lui dire qu'il se rangeait à son avis, que la meilleure solution pour eux deux serait de ne plus du tout se revoir. Par conséquent, cela ne rimait plus à rien qu'il s'inquiète pour elle. D'abord, il n'en aurait plus le droit. Et ensuite, il vaudrait mieux qu'il commence tout de suite à se faire à l'idée qu'il ne saurait plus jamais si elle était, ou non, à l'abri du danger.

Il ressentit un petit pincement désagréable au cœur, en pensant aux mois à venir. Quand il se demanderait où était Gina, ce qu'elle faisait, et avec qui elle le faisait. Non, décidément, cette idée ne lui plaisait pas du tout.

Ils atteignirent la petite voiture de Gina, et elle s'arrêta près de la portière côté conducteur. Elle leva les yeux vers Nick, bâilla, et se couvrit la bouche d'une main.

— Excuse-moi, dit-elle, mais je suis vraiment crevée. Alors, s'il te plaît, dis-moi vite ce que tu as à me dire, parce que je meurs d'envie d'aller me coucher.

Son estomac émit un gargouillis sonore et elle fronça le sourcil.

— Et tu meurs aussi de faim, n'est-ce pas ?

— Tant pis, j'ai trop sommeil.

Elle avait en effet l'air de dormir debout.

Peut-être, pensa Nick, que ce n'était pas le moment idéal pour entamer cette discussion. Après tout, il avait déjà attendu jusqu'à ce soir, il pouvait encore attendre un jour ou deux de plus. En plus, là, maintenant, il lui paraissait infiniment plus important de s'occuper de Gina. Elle n'était pas du tout en état de conduire. Elle allait s'endormir au volant et avoir un accident.

Et cette perspective lui nouait l'estomac.

— Je vais te ramener chez toi, dit-il brusquement.

Et, sans laisser à Gina le temps de réagir, il lui prit ses clés des mains et les fourra dans la poche de son jean. Puis il la saisit par le bras pour l'emmener vers sa propre voiture, garée un peu plus loin.

Elle essaya bien de se dégager, mais elle n'en avait pas la force.

— Et ma voiture ? demanda-t-elle d'une voix plaintive.

— Tu la laisses là, et tu viendras la rechercher demain matin. Tu n'auras qu'à demander à ta sœur de te conduire jusqu'ici.

Arrivé devant sa voiture, il ouvrit la portière côté passager.

— Je suis tout à fait en état de conduire, protesta Gina.

Mais elle tangua légèrement, et Nick lui tapota l'épaule avec un petit rire.

— Mais oui, je vois ça. Allez, Gina, rentre dans cette voiture.

— Mon Dieu, qu'est-ce que tu es tyrannique !...

— Je suis un militaire. Déformation professionnelle.

— Tu es un homme. Déformation machiste, corrigea Gina.

— Comme tu voudras, en tout cas, rentre dans cette voiture. *S'il te plaît.*

Gina obtempéra avec un gros soupir.

— Je tiens à te dire que je ne cède que parce que je suis trop fatiguée pour lutter.

— Dieu soit loué, marmonna Nick en refermant la portière après qu'elle se fut assise.

Il contourna la voiture et ouvrit la portière côté passager, posa les livres de Gina sur la banquette arrière, puis vint s'asseoir au volant.

— Mets ta ceinture.

Elle acquiesça d'un hochement de tête, puis essaya vainement, pendant plusieurs minutes, de tirer sur la sangle, avant que Nick ne vienne se pencher par-dessus elle pour l'attraper et la tirer d'un coup sec. Son bras effleura la poitrine de Gina, et elle eut un petit sursaut. Nick se figea un instant, puis, tenant toujours la boucle de la ceinture, la lui fit passer en travers de la poitrine pour venir l'attacher à côté de sa hanche.

Elle le regarda, son visage à quelques centimètres à peine du sien.

— Merci, murmura-t-elle.

— De t'avoir attaché ta ceinture ? Je t'en prie.

— Non, de me reconduire chez moi.

Elle leva une main, comme si elle avait voulu la lui poser sur le visage, puis parut se raviser, et laissa retomber sa main sur ses genoux.

— Je crois que tu as raison, je suis trop fatiguée pour pouvoir conduire.

— Aucun doute là-dessus, dit-il d'une voix douce, déçu qu'elle ne l'ait pas touché. Il avait eu tellement envie de sentir le contact de sa main sur lui, même en sachant qu'il avait eu tort de le désirer. Le seul fait d'être assis, comme ça, à côté d'elle, le troublait à un point qu'il n'aurait jamais soupçonné.

Il aurait bien aimé pouvoir nier cette réaction, mais il ne pouvait pas l'ignorer.

— Tu sais, je comprends que tu sois fatiguée, reprit-il. Je dois t'avouer que, moi non plus, je n'ai pas beaucoup dormi ces derniers temps.

Il n'arrivait pas à détacher son regard de celui de Gina. Il y lisait ses rêves, ses soucis, et sa confusion.

Et aussi cet entêtement qui l'avait, dès le début, attiré chez elle.

— C'est un peu bête, non ? dit-elle soudain en laissant sa tête retomber en arrière contre le dossier du siège.

— Qu'est-ce qui est un peu bête ?

Il se redressa, mit le contact, et le moteur se mit à ronronner doucement dans le silence de la nuit.

— Eh bien… nous. On a commencé ennemis, on est devenu amants, et maintenant nous sommes… Quoi au juste ? demanda-t-elle en se retournant pour le regarder.

— Je me trompe, ou tu as dit tout à l'heure à ton petit camarade de classe que nous étions « amis » ?

— C'est vrai, oui. Ça t'a contrarié, hein ? dit-elle avec un sourire malicieux.

Il se contenta de marmonner quelque chose d'inintelligible.

— Je me demande ce qui t'a contrarié le plus, murmura-t-elle, davantage pour elle-même que pour Nick. Le fait de me voir avec ce garçon, ou bien le fait que je te présente à lui comme un simple ami ?

Il lui jeta un coup d'œil et vit qu'elle s'était endormie, comme ça, tout d'un coup.

Il se tourna vers elle pour mieux la regarder, attendri de voir le léger sourire qui, même dans le sommeil, relevait imperceptiblement les commissures de ses lèvres. Il tendit la main et lui effleura la joue d'une caresse légère, ridiculement ému lorsqu'elle tourna son visage vers lui pour venir appuyer sa joue contre sa paume.

— Pour répondre à ta question, princesse, murmura-t-il contre son oreille, je n'en sais franchement rien.

Puis il enclencha la marche arrière, et recula pour sortir du parking.

Dans un demi-sommeil, Gina sentit Nick la prendre dans ses bras pour la sortir de la voiture. La brise du soir ébouriffa ses cheveux, et elle se pelotonna plus étroitement contre le large torse de Nick, appuyant sa tête au creux de son épaule. C'était si bon de se retrouver dans ses bras, blottie contre son cœur...

Elle garda les yeux fermés quand il s'engagea dans l'allée conduisant à l'escalier de son studio, écoutant le bruit régulier de ses pas sur l'asphalte. Elle savait qu'elle aurait dû lui dire de la poser par terre, mais elle savait aussi qu'il n'accepterait jamais de la laisser en bas de l'escalier. Il avait visiblement décidé de la reconduire jusque chez elle, et elle ne se sentait vraiment pas de taille à entamer maintenant une de leurs discussions.

Il monta l'escalier sans effort, comme si elle avait pesé un poids négligeable, et Gina sourit pour elle-même : n'était-ce pas le fantasme de toute femme normalement constituée, que d'être portée par son homme, alors que si peu d'hommes étaient assez forts pour pouvoir se permettre de le faire ?

Son homme. Oh, mon Dieu, alors c'était cela que Nick était pour elle ? *Son homme* ?

Sur le palier, il sortit de sa poche les clés qu'il lui avait prises dans son sac, ouvrit la porte et entra. Puis il referma doucement la porte derrière lui, porta Gina jusqu'à sa chambre, et la posa sur le lit avec d'infinies précautions.

C'était tout simplement divin, pensa-t-elle, de se retrouver sur son matelas moelleux, et elle poussa un énorme soupir de pure béatitude.

Enfin, elle ouvrit les yeux.

Nick la regardait sans rien dire, et les secondes s'égrenèrent dans le silence lourd, tandis que Gina, hypnotisée par l'intensité de son regard, sentait lentement monter en elle une bouffée de désir qu'elle essaya vainement de refouler.

— Tu ferais mieux d'essayer de dormir, dit soudain Nick d'une voix sourde. Je refermerai la porte derrière moi en sortant, ajouta-t-il.

Mais il la regardait comme un homme affamé à qui on aurait interdit de toucher au festin posé devant lui.

— Non, je t'en prie, murmura Gina en tendant une main vers celle de Nick.

— Tu ne veux pas que je ferme la porte ?

— Non, je ne veux pas que tu t'en ailles, dit-elle en enroulant ses doigts autour de ceux de Nick pour l'attirer vers elle.

— Gina, nous sommes tous les deux épuisés, et je ne crois pas que ce soit une bonne idée.

Il parlait d'une voix tendue, et Gina sut qu'il n'avait pas envie de partir. Qu'il pensait simplement qu'il fallait qu'il parte.

— Alors, reste, juste un petit peu, et prends-moi dans tes bras. Juste un petit peu, Nick, répéta-t-elle d'une toute petite voix.

Elle lut sur son visage le conflit d'émotions qui se livrait dans son esprit, puis enfin il hocha la tête et vint s'asseoir à côté d'elle sur le lit. Il lui enroula un bras autour des épaules, l'attira contre lui, et s'allongea tout doucement à côté d'elle.

— Juste un petit peu, murmura-t-il à son oreille.

10.

Dans son sommeil, Gina se lova plus étroitement contre le corps chaud de Nick. C'était le rêve le plus agréable qu'elle eut fait depuis des jours. Ces derniers temps, lorsqu'elle rêvait de Nick, son visage lui paraissait toujours fantomatique, impossible à saisir et pourtant si proche. Mais là, maintenant, c'était comme si son cerveau l'avait enfin intégré à la perfection.

Elle fit courir sa main sur son torse et, même à travers le tissu de sa chemise, elle sentit la force de son corps ferme et musclé. Gardant les yeux bien fermés, par peur de se réveiller et de perdre la magie de cet instant, elle coula son corps le long de celui de Nick, essayant de se serrer le plus possible contre lui.

Les bras de Nick l'enlacèrent, et elle soupira de bonheur.

Lorsque ses mains douces commencèrent à explorer son corps, elle eut un petit gémissement.

Dans son rêve, Nick souleva le bas de son T-shirt, sa main remonta jusqu'à sa poitrine, qu'il se mit à caresser lentement à travers son soutien-gorge, et Gina se cambra, enivrée par la douceur exquise de cette caresse.

Cela faisait si longtemps qu'elle en avait envie...

Depuis la nuit qu'ils avaient passée ensemble, elle n'avait eu qu'une seule envie : recommencer. Alors qu'elle savait qu'ils n'auraient aucun avenir — ou peut-être au contraire pour cette raison même — , l'envie qu'elle avait de Nick n'avait fait que croître de jour en jour.

La main de Nick se glissa sous le soutien-gorge pour toucher sa peau nue et, à ce moment précis, Gina ouvrit les yeux.

La pièce était plongée dans l'obscurité, à l'exception d'un mince rayon de lune qui filtrait par l'entrebâillement des rideaux, découpant l'ombre comme un rayon laser, et traçait sur son lit une diagonale blanche.

Non, elle ne rêvait pas.

Nick était bien là, près d'elle.

Elle leva la tête et rencontra son regard, et, même dans la pénombre, elle vit la flamme qui l'éclairait.

Elle se rendit compte qu'ils étaient tous les deux restés habillés, enlacés sur son lit, et elle se demanda combien d'heures s'étaient écoulées ainsi. Combien d'heures il restait de la nuit. Combien de temps ils avaient perdu à quelque chose d'aussi inutile que le sommeil !

Les doigts de Nick effleurèrent de nouveau la pointe de son sein et elle frémit.

— Depuis combien de temps es-tu réveillé ? lui demanda-t-elle.

— Depuis que tu as posé ta jambe en travers de mon ventre, répondit-il d'une voix douce.

Elle baissa les yeux, et vit qu'en effet sa jambe droite était encore étendue en travers du corps de Nick. Et alors elle remarqua autre chose. Sous sa jambe, elle sentit son sexe dur, et sa bouche devint soudain sèche.

— Nick ? murmura-t-elle, tournant de nouveau les yeux vers lui.

— Oui, princesse ?

Ses doigts continuaient à caresser la pointe de son sein, et elle poussa un petit gémissement étouffé, soudain incapable de se rappeler ce qu'elle avait voulu dire. Mais cela n'avait pas vraiment d'importance, n'est-ce pas ? Ecartant toute pensée de son esprit, elle se concentra sur les sensations exquises que faisait naître en elle la caresse des doigts de Nick.

— Gina, ma douce, murmura-t-il en la faisant rouler sur le dos et en se soulevant au-dessus d'elle, laisse-moi t'aimer.

— Oh oui, répondit-elle dans un souffle. Oui, Nick, je t'en prie...

A peine avait-elle accepté qu'il retira sa main de son sein, et Gina faillit en crier de frustration, mais tout aussitôt elle sentit la paume chaude de Nick descendre le long de son ventre, jusqu'à la ceinture de son jean.

Sans la quitter des yeux, il la déboutonna lentement, et fit descendre la fermeture à glissière, pour permettre à sa main de glisser plus bas.

— Maintenant, ma douce, soulève ton T-shirt pour moi, dit-il d'une voix rauque.

Les yeux toujours rivés à ceux de Nick, Gina fit ce qu'il lui demandait, soulevant le bas de son T-shirt, jusqu'à ce que sa poitrine, couverte d'un soutien-gorge en dentelle blanche, se trouve exposée à sa vue. Elle frissonna légèrement dans l'air frais de la nuit, et le feu qui brillait dans les yeux de Nick eut tôt fait de la réchauffer.

— Le soutien-gorge, à présent.

Gina acquiesça d'un imperceptible hochement de tête, intimidée et troublée à la fois. Elle se mordit la lèvre, hésita un bref instant, puis ouvrit l'agrafe de son soutien-gorge de dentelle, et l'écarta lentement pour dénuder sa poitrine.

Nick lui sourit, et elle retint sa respiration, tandis qu'il inclinait la tête. Avec une infinie douceur, il embrassa d'abord un sein, puis l'autre, et Gina renversa la tête sur les oreillers, fermant les yeux pour mieux savourer la sensation exquise de la bouche de Nick sur sa peau nue.

Sans cesser d'embrasser sa poitrine, Nick se mit à lui caresser le ventre en gestes très lents, ses doigts effleurant à peine la lisière du string. Gina posa une de ses mains sur la nuque de Nick, pour lui appuyer la tête contre sa poitrine, tandis que son autre main serrait convulsivement le drap à côté d'elle, comme pour se retenir à quelque chose, alors qu'elle avait l'impression que tout tanguait autour d'elle.

Alors Nick glissa la main sous l'élastique du Bikini, et Gina poussa un petit cri étranglé lorsqu'il descendit entre ses boucles soyeuses jusqu'au cœur frémissant de sa féminité. Mais il poursuivit sa caresse et Gina exhala un soupir de volupté pure.

Nick releva la tête pour pouvoir la regarder.

La tête rejetée en arrière, les lèvres entrouvertes sur un doux gémissement, elle lui parut plus belle qu'aucune des autres femmes qu'il avait connues. Son cœur cognant dans sa poitrine, sa gorge nouée par le flot d'émotions qui le submergeaient, il se pencha pour prendre ses lèvres en un baiser passionné.

Il l'embrassa avec fougue, tout en intensifiant la caresse de ses doigts, tandis que Gina s'agrippait à ses épaules et arquait son corps tout entier, pour venir à la rencontre de la main de son amant. Elle gémissait maintenant sans retenue, et Nick sut qu'elle était proche d'être comblée.

Alors il abandonna ses lèvres, et s'écarta pour pouvoir regarder son visage. Avec un ultime effleurement de ses doigts experts, il lui fit atteindre l'orgasme. Elle poussa un grand cri, avant de se laisser retomber sur l'oreiller, hors d'haleine. Et son visage rayonnant de bonheur bouleversa Nick au plus profond de lui-même.

Lorsque les tremblements s'apaisèrent peu à peu, il roula sur le dos en serrant Gina dans ses bras pour l'entraîner avec lui, et il la garda ainsi un long moment, blottie contre sa poitrine, fixant dans le noir le plafond au-dessus de lui, essayant de comprendre ce qui venait de se passer entre eux. Parce qu'en fait, pour la première fois de son existence, Nick s'était davantage préoccupé de donner du plaisir à une femme plutôt que d'en recevoir lui-même.

Jamais auparavant il ne se serait cru capable de se satisfaire de donner sans rien recevoir en échange. Et pourtant, à cet instant, bien que son corps fût presque douloureux du désir qu'il avait d'elle, il éprouvait un plaisir réel, sincère, à simplement tenir Gina dans ses bras. Et, plus encore, il se sentait heureux de savoir qu'il lui avait donné ce qu'aucun autre homme avant lui ne lui avait jamais donné.

— Oh… C'était divin, murmura Gina avec un long soupir extasié, absolument divin…

Il fit courir ses mains le long de son dos nu, tout attendri lorsqu'elle se lova plus étroitement encore contre lui.

— Bonjour, dit-il en souriant. Ou du moins je pense que c'est le matin.

Gina souleva la tête pour regarder le réveil posé sur la table de nuit.

— Il est 3 heures, on peut donc dire que c'est le matin. Un peu tôt peut-être, mais...

— Hélas, oui, il faut que je sois au travail dans trois heures.

— Oh, Nick... C'était...

Elle eut un petit rire, et secoua la tête en signe d'impuissance.

— ... Les mots me manquent.

— Wahou ! dit-il avec un grand sourire. Alors ça veut dire que je suis vraiment très bon ! Je ne pense pas t'avoir jamais vue à court de mots, jusqu'à présent.

— D'accord, alors je t'autorise un moment d'auto-satisfaction.

— Merci.

— Mais... et toi ? demanda-t-elle, je veux dire...

— Ne t'inquiète pas pour moi, coupa-t-il d'une voix douce, je vais très bien.

— Mais...

— Crois-moi, Gina, je vais très bien. De toute façon, je n'ai pas de préservatif sur moi.

Elle se redressa, referma l'attache de son soutien-gorge et remit son T-shirt en place.

— Ecoute, Nick, je n'y connais peut-être pas grand-chose mais... Pourquoi est-ce que je ne pourrais pas faire ce que tu as fait pour moi ?

142

Nick savait que, si Gina posait la main sur lui, elle aurait aussitôt raison du self-contrôle qu'il éprouvait déjà tant de mal à maintenir. Si elle le touchait, il voudrait lui faire l'amour pour de bon, unir leurs corps.

Il prit une profonde inspiration pour se donner du courage, puis roula sur le côté et se leva.

— Il vaut mieux que j'y aille.

Gina reboutonna son jean et se leva à son tour pour se trouver face à lui.

Rien qu'à la regarder, avec ses cheveux décoiffés et sa bouche encore gonflée de ses baisers, Nick mourait d'envie de lui faire l'amour. Bon sang, si elle le touchait, il était perdu.

— Je t'en prie, Gina, n'insiste pas.

Il la vit se figer, et lut dans son regard qu'il l'avait blessée.

Elle le dévisagea un moment sans rien dire, le visage fermé, puis elle pivota sur ses talons, et alla actionner d'un geste brusque l'interrupteur électrique. Aussitôt, une lumière vive inonda la pièce, chassant les ombres romantiques aussi sûrement que si elles n'avaient jamais existé.

Nick grommela un juron étouffé. Il avait réussi à la blesser, alors qu'il avait seulement voulu essayer de la protéger.

Gina vint se planter devant lui, les bras croisés sur la poitrine, le menton relevé dans un élan de défi.

— Très bien, Nick, maintenant, tu peux m'expliquer pourquoi au juste tu es venu me voir à la fac, ce soir ?

Il tendit la main pour la lui poser sur l'épaule, mais elle recula vivement d'un pas vif. Alors il laissa retomber son bras et hocha la tête d'un air désolé.

— Je voulais te parler.

— Ah oui ? Et de quoi ?

— De ce que tu as dit l'autre soir. Que nous devions ne plus nous revoir.

Un sourire désabusé releva les commissures des lèvres de Gina tandis qu'elle regardait les draps du lit défait.

— On a peut-être pas exactement commencé comme on l'aurait dû, hein ?

— Mais c'était ma faute et…

— Laisse-moi te dire une chose, l'interrompit-elle en le toisant d'un air glacial. Si je n'avais pas voulu que cela arrive, eh bien, cela ne serait pas arrivé.

— Je le sais bien, Gina. Ce que j'essaye de te dire. C'est…

— Essaye surtout d'être un peu plus clair, tu veux, coupa-t-elle d'un ton acide.

— Ce que j'essaye de te dire, c'est que je pense que tu avais raison, l'autre jour. On devrait éviter de se revoir.

— Oh, aucun problème ! s'exclama-t-elle avec un rire sans joie.

Elle passa devant lui et traversa le salon d'un pas rageur, afin de se rendre dans la cuisine, où elle ouvrit la porte du réfrigérateur à la volée.

Juste derrière elle, Nick la regarda fourrager avec brusquerie à l'intérieur du réfrigérateur, et sortir une canette de soda. Elle referma violemment la porte, décapsula sa canette et, ignorant Nick, but une longue

144

gorgée de son soda. Ensuite elle reposa la canette avec un claquement sec sur le plan de travail, puis elle se tourna vers lui.

— Ah, tu es toujours là ?

— Oui, Gina, et je resterai tant que nous n'aurons pas terminé cette discussion.

— Eh bien, fais-moi confiance, Nick, elle est terminée. Donc, tu peux t'en aller.

Elle voulut passer devant lui, mais il l'agrippa par le bras et la retint à sa place.

— Pas encore. Ecoute, Gina, crois-moi, ce n'est pas facile pour moi non plus.

Elle leva lentement les yeux vers lui.

— Mais cela vaudra sans doute mieux comme ça, reprit-il. Nous allons laisser tomber cette histoire de concours, ce qui nous permettra d'arrêter les leçons de danse. Donc, il ne nous restera plus qu'à nous retrouver le soir du barbecue chez la colonelle.

— Laisser tomber le concours ?

— Oui, bien sûr, nous...

— Hors de question.

Nick lui lâcha le bras.

— Tu ne parles pas sérieusement, j'espère ?

— On ne peut plus sérieusement, au contraire, répliqua Gina en rejetant la tête en arrière pour pouvoir le défier du regard. Les gagnants de ce concours remportent un chèque de cinq cents dollars, et j'aurais grand besoin de cet argent. Par conséquent, il est *hors de question* que nous ne participions pas à ce concours.

— Erreur, ma belle, il est hors de question que nous *participions* à ce concours.

— Espèce de trouillard !

Nick se redressa vivement, comme si elle l'avait frappé.

— Personne ne m'a jamais traité de trouillard, et ce n'est pas aujourd'hui que ça va commencer.

— Ah non ? Et tu peux me dire ce que tu aurais choisi comme terme, toi, pour qualifier ta démission ?

Et cette fois-ci, elle passa devant lui pour aller dans le salon.

— Tu ne crois pas qu'il s'agit de « bon sens », purement et simplement ? demanda-t-il en la suivant dans le salon. Bon sang, Gina, c'est pour toi que je fais ça.

— C'est pour *moi* que tu fais ça ? Ah, elle est bonne celle-là ! s'exclama-t-elle en pivotant sur ses talons pour se retrouver face à lui. Je serais curieuse de savoir ce que tu entends par cette déclaration saugrenue ?

— Voyons, princesse, essayons de voir les choses en face : à la minute où je pose les mains sur toi, on se retrouve au lit.

— Oh, si c'est ça qui te préoccupe, mon ami, alors laisse-moi te rassurer tout de suite : étant donné ce que je pense de toi maintenant, je suis certaine que je n'éprouverai plus *aucune* difficulté à résister à ce charme que tu crois tellement irrésistible. Quoi qu'il en soit, on attend que le barbecue *et* le concours de danse soient passés, et *après* seulement on part mener notre vie chacun de notre côté.

— A moins que tu ne sois enceinte.

Gina frémit à cette pensée. Elle avait toujours rêvé d'avoir des enfants. Mais pas dans ces circonstances. Et elle trouvait absolument monstrueux de devoir prier chaque soir de ne pas être tombée enceinte.

— Que je sois enceinte ou non n'a aucune importance. Je t'ai déjà dit, et je te le répète, que je me débrouillerai très bien toute seule.

— Oui, c'est ce que tu dis maintenant. Mais tôt ou tard tu voudras un père pour cet enfant, lui dit-il en s'approchant. Et tu peux me faire confiance, ma belle, si tu es enceinte de *mon* bébé, alors tu n'es pas prête de réussir à me faire disparaître de ta vie.

— Te faire disparaître de ma vie ? répéta-t-elle avec un rire amer. Mais enfin, Nick, permets-moi de te rappeler que tes premiers mots après que nous ayons fait l'amour ont été : « Je ne t'épouserai pas. » Tu l'as déjà oublié ? Moi pas.

— Qui parle de mariage ? cria-t-il, visiblement aussi furieux qu'elle.

— Pas moi, en tout cas. Tu as aussi oublié ce que je t'ai déjà dit à ce sujet ? Je ne vais *pas* me marier. Jamais. Ni avec toi ni avec personne d'autre.

— Ah vraiment ? Et au nom de quoi est-ce que je devrais croire une énormité pareille ? Tu peux me dire ce qui te rend si différente de toutes les autres femmes ?

— Parce que j'ai fait une promesse, voilà pourquoi ! lui hurla-t-elle au visage. J'ai promis à mon père, sur son lit de mort, que je prendrais soin de ma mère. Moi. C'est moi qui suis responsable d'elle, à présent.

Mon Dieu, c'était la première fois qu'elle disait à qui que ce soit ce qui s'était passé entre son père et elle, le soir où il était mort. Le soir où elle avait abandonné tous ses espoirs de fonder une famille pour accepter de protéger sa mère, et de subvenir à ses besoins.

Le silence se fit soudain dans la pièce. Elle entendit le tic-tac de la pendule murale qui égrenait les secondes, et elle attendit, sûre que Nick allait trouver quelque chose à lui répondre.

Elle ne fut pas déçue, juste surprise.

Il éclata de rire.

Vraiment. Il éclata de rire.

Gina le dévisagea, abasourdie. Cela faisait deux ans qu'elle gardait ce secret enfoui au fond d'elle-même et, au moment où elle se décidait enfin à le dire à quelqu'un, il éclatait de rire ?

Folle de rage, elle réagit instinctivement et sa main fendit l'air en direction de la joue de Nick. Qui la stoppa net en la saisissant par le poignet.

— Il n'y a vraiment rien de drôle à ça ! cria Gina en secouant son bras pour libérer sa main.

— Bien sûr que si, répondit Nick en levant les bras au ciel. Enfin Gina, tu es folle ou quoi ? Ote-moi d'un doute : c'est bien de la femme que j'ai rencontrée l'autre soir qu'il s'agit, quand tu parles de la pauvre mère que tu vas devoir protéger ?

Bon d'accord, admit Gina pour elle-même, Marianne Santini ne donnait pas précisément l'impression d'une pauvre petite chose fragile et délicate ayant besoin d'être protégée. Mais là n'était pas la question. Gina avait fait une promesse à son père, et elle avait la ferme intention de la respecter.

— Tu ne connais pas maman, explosa-t-elle. D'ailleurs, tu ne connais personne de ma famille, tu ne connais rien de nous.

— Peut-être pas, non, mais je suis capable de reconnaître une forte femme quand j'en rencontre une. Dis-moi, quel âge a ta mère au juste ? Cinquante ans, à peu près, non ? Pas encore vraiment gâteuse, et elle ne me paraît pas non plus du genre à être guettée par une sénilité précoce. Et puis, de toute façon, tu as deux sœurs. Donc, en admettant que ta mère ait un jour besoin d'être prise en charge, eh bien, vous serez trois à vous répartir la tâche.

— Pas du tout. Angéla a déjà Jeremy, dont elle doit s'occuper, et Maria vient de se marier. Donc elle va fonder sa propre famille. Alors il ne reste plus que moi.

— Gina...

Il s'approcha plus près, et sa voix se fit plus douce, tandis qu'il tendait la main pour la lui poser sur le bras. Il paraissait si compréhensif, si gentil. Mais Gina ne voulait pas de sa gentillesse. Pas maintenant.

— Ne me touche pas ! dit-elle en s'écartant d'un pas vif.

— D'accord, d'accord, je ne te touche pas. Mais laisse-moi au moins te demander ceci : crois-tu sincèrement que ton père ait souhaité une seule seconde que tu renonces à fonder une famille ? A vivre ta vie ? Et crois-tu que c'est ce que ta mère voudrait ?

Gina s'était posé ces mêmes questions un nombre incalculable de fois, mais peu importait quelles pouvaient en être les réponses. Elle avait donné sa parole. Elle avait promis à son père, sur son lit de mort, qu'elle allait veiller sur maman. Et un mari ou des enfants ne feraient que compliquer les choses : comment espérer pouvoir se dévouer à son mari ou à ses enfants, alors que prendre soin de maman — c'est-à-dire honorer sa promesse — devrait passer au premier plan ?

Par ailleurs, elle ne pouvait non plus demander à un homme d'accepter la responsabilité de sa famille à elle. C'était son rôle. Son devoir.

— Peu importe ce que tu en penses, dit-elle d'un ton soudain plus calme, alors que le tumulte de ses émotions s'apaisait enfin, la laissant plus fatiguée encore qu'elle ne l'était auparavant. J'ai fait une promesse.

— Je peux parfaitement comprendre ce que représente une promesse, lui dit-il d'une voix douce. Et moi aussi je vais tenir la mienne : nous allons participer à ce concours, Gina. Et nous allons le gagner.

Elle hocha lentement la tête, alors il tendit la main et, avant qu'elle puisse s'écarter, dégagea de son front une mèche de cheveux.

Une onde de chaleur la parcourut tout entière, et elle leva les yeux vers lui.

— Ecoute, poursuivit-il d'une voix toujours aussi douce, lorsque nous saurons où nous en sommes à propos du bébé, alors nous reparlerons de nouveau de cette histoire de promesse.

11.

La semaine suivante parut interminable à Gina. Elle pensait sans cesse à Nick. La nuit, elle rêvait de lui, le jour, elle repassait sans cesse en boucle dans son esprit leur dernière soirée. Leur dernière discussion.

Pendant la journée, elle se concentrait pour essayer de reconstruire la vie qui avait été la sienne, avant que Nick Paretti n'y débarque sans crier gare. Mais alors revenaient les soirs où elle devait le rencontrer pour les cours de danse, et c'était devenu pour elle une véritable torture. Se retrouver dans ses bras, sentir ses mains sur sa taille, son corps pressé contre le sien, lui paraissait infiniment plus difficile qu'elle n'aurait cru que cela pourrait l'être.

Mais elle refusait d'abandonner.

Non, elle ne voulait pas lui avouer qu'il avait eu raison. Que passer trois soirées par semaine dans ses bras, et le reste du temps loin de lui, était en train de lui devenir de plus en plus insupportable. En fait, sa seule consolation dans tout cela, c'était la certitude que Nick éprouvait au moins autant de mal qu'elle à gérer cette situation.

Elle le sentait à la façon dont il la touchait, elle voyait qu'il se donnait un mal fou pour le faire de façon impersonnelle, alors que le feu de son regard démentait son apparente indifférence.

Elle lui en voulait terriblement d'avoir chamboulé sa vie à ce point, d'avoir plongé son esprit dans une telle confusion. Cela faisait maintenant deux ans qu'elle s'était résignée à un futur sans mari ni enfants. Elle avait fait une promesse solennelle à son père, et avait accepté la conséquence que cette promesse allait lui coûter. Elle s'y était résignée, et avait même acquis, à ce propos, une certaine sérénité.

Et maintenant, Nick Paretti arrivait là, au milieu, comme un chien dans un jeu de quilles.

Crois-tu sincèrement que ton père a souhaité une seule seconde que tu renonces à former une famille, à vivre ta vie ? Et crois-tu que c'est ce que ta mère voudrait ?

L'écho de la voix de Nick résonnait dans sa tête et, tandis qu'elle réécoutait, encore et encore, les questions qu'il lui avait posées, Gina ne pouvait s'empêcher de reconnaître qu'elle n'en connaissait pas la réponse. Oh, mais pourquoi lui avait-il rendu les choses plus difficiles encore qu'elles ne l'étaient déjà ?

— Bon, ça suffit comme ça, s'exclama-t-elle soudain à voix haute. Tu arrêtes de penser à Nick. Pour le moment il faut, en priorité, s'occuper du barbecue de Cécilia Thornton. Et il a intérêt à être réussi, si tu espères que d'autres épouses de militaires aient envie de faire appel à toi par la suite.

Elle se laissa tomber dans le canapé du salon avec un gros soupir. Déprimée de penser qu'elle allait devoir sans doute passer le reste de ses jours à se parler toute seule, puisqu'elle n'aurait jamais personne d'autre à qui parler. Puisqu'elle n'aurait pas Nick.

Elle se sentait le cœur lourd, à la pensée qu'une fois le barbecue et le concours de danse terminé, Nick et elle se sépareraient pour continuer leurs vies respectives chacun de leur côté.

Elle se demanda si elle guérirait un jour de cette terrible tristesse.

— N'est-ce pas que Gina a fait du bon, de l'excellent travail ? s'enthousiasma Cécilia Thornton, assez fort pour couvrir le brouhaha des conversations alentour.

Nick sourit, et balaya du regard le salon et le patio, si joliment décorés par Gina.

Des photophores de verre bleu cobalt ornaient chacune des tables, disséminées dans le jardin et sur le patio en briques. Les flammes de leurs bougies éclairaient le crépuscule de petits points bleus brillants. Des nappes à carreaux rouges et blancs donnaient une note estivale et gaie à cette soirée encore hivernale, et les assiettes en carton glacé, du même bleu que les photophores, complétaient, avec les petits bouquets d'œillets blancs et rouges, le thème patriotique de l'ensemble.

Gina avait loué pour l'occasion un juke-box des années cinquante, qui diffusait des airs de l'époque, et plusieurs couples dansaient au rythme de vieux rock intemporels.

— Tout à fait, madame, approuva Nick, étonné de se sentir si fier de ce que Gina avait accompli. C'est vraiment une soirée très réussie.

— N'est-ce pas ? Et exactement ce que je voulais : à la fois décontracté et raffiné. Avouez que nous avons de la chance, même le temps s'est mis de la partie.

Oui, ç'avait été une belle journée. Exceptionnellement douce pour la saison, et cette soirée donnait à tous un avant-goût de printemps qui réjouissait le moral. Maintenant que la soirée était presque achevée, les marines et leurs épouses se tenaient sur le patio, bavardant et riant, et commentant avec bonne humeur les figures des danseurs. Il flottait encore dans l'air l'odeur du barbecue, et Nick pensait qu'on se serait vraiment cru en été.

Oui, mais l'été, Gina ne se serait pas trouvée là, en train de se faire passer pour sa petite amie. Non, elle aurait été loin de Pendleton. Loin de lui.

Etrange, se dit-il, à quel point cette idée lui flanquait brusquement le cafard. Il la chercha des yeux, à l'endroit où il l'avait vue pour la dernière fois. Elle était encore là, au milieu d'un groupe d'épouses, bavardant et riant comme si elle les avait toujours connues. Comme si elle avait réellement appartenu au milieu militaire, à ce microcosme un peu particulier. Comme si elle n'avait pas été en train de jouer un rôle.

Un nœud se forma dans la gorge de Nick. Bon sang, pensa-t-il, si seulement tout cela était réel. Si seulement Gina et lui vivaient pour de bon la relation qu'ils prétendaient vivre !

Il baissa les yeux sur le ventre plat de la jeune femme et, pour la première fois, se surprit à espérer qu'elle était effectivement enceinte.

— Eh bien, sergent, dit Cécilia Thornton en suivant son regard, il ne me reste plus qu'à vous remercier : je vous dois une fière chandelle pour m'avoir fait connaître votre charmante amie. Alors, allez donc la rejoindre, et passez une agréable fin de soirée.

— Merci, madame, répondit Nick en s'inclinant, je suis très heureux que Gina ait pu contribuer à la réussite de votre soirée, et je vais la rejoindre de ce pas. Merci encore de nous avoir invités tous les deux.

La femme du colonel s'éloigna, mais Nick se rendit à peine compte qu'elle était partie. L'esprit en tumulte, il essayait d'analyser l'importance de la découverte qu'il venait de faire : oui, aussi stupéfiant que cela pût paraître, il avait envie que Gina soit enceinte de lui.

Il repensa à la promesse qu'elle avait faite à son père, et se sentit submergé de tendresse, à cause de la profonde gentillesse que trahissait un tel acte, et plein d'admiration pour l'abnégation totale que cette promesse impliquait.

Comment pouvait-il avoir cru un seul instant qu'elle ressemblait à son ex-femme ? Kim n'aurait pas renoncé à une après-midi de shopping pour qui que ce soit, alors, bien sûr, encore moins à son futur. Oui, vraiment, il admirait le remarquable dévouement de Gina envers sa famille.

D'ailleurs, il y avait des tas de choses qu'il admirait chez Gina. Des tas de choses qui allaient lui manquer cruellement s'ils venaient à se séparer.

Cette pensée le stoppa net dans ses réflexions. Il s'éloigna en direction du mur qui bordait le jardin du colonel, loin des gens, du bruit des conversations, et de la musique.

Il se passa une main dans les cheveux, puis se mit à se frotter la nuque d'un air songeur. Il essaya de se persuader que rien de tout cela n'avait d'importance.

Qu'il n'avait jamais eu l'intention de s'engager avec Gina dans une relation sérieuse. Jamais prévu de vivre avec elle pour le reste de ses jours. Il avait su, dès le départ — depuis le premier moment où il l'avait aperçue à ce fichu cours de danse —, que ce ne serait qu'une aventure temporaire.

Alors, pourquoi est-ce que lui paraissait maintenant si difficile d'accepter l'idée qu'ils allaient bientôt se séparer ?

Pour la bonne et simple raison, se dit-il, qu'il n'avait pas *du tout* prévu qu'il allait tomber *amoureux* de Gina.

— Salut, sergent !

La grosse voix familière du sergent Dan Mahoney venait de résonner à côté de lui.

Brusquement tiré de ses pensées, Nick détourna, à regret, ses yeux de Gina, pour les poser sur son ami.

— Bonsoir, Mahoney, le salua-t-il d'un air morne.

— Jolie femme, remarqua Dan en désignant de son verre Gina, à l'autre bout du jardin.

Nick fronça le sourcil, et jeta à son ami un regard soupçonneux. Dan avait toujours eu, en matière de femmes, une terrible réputation de séducteur.

— Ouais, et qu'est-ce que ça sous-entend, ce genre de remarque ?

Dan haussa les épaules avec un sourire malicieux.

— Ça sous-entend une question : c'est sérieux, vous deux, oui ou non ?

Bonne question, pensa Nick, et il aurait donné cher pour en connaître lui-même la réponse.

— Je suppose que tu as déjà une opinion sur le sujet, non ?

— Je pense que vous êtes censés vous fréquenter, et que, franchement, on ne vous a pas beaucoup vus ensemble ce soir.

— Et alors ?

— Alors, répéta Dan, si cette fille ne t'intéresse pas, eh bien...

— Qui t'a dit qu'elle ne m'intéressait pas ? gronda Nick en se redressant pour toiser son interlocuteur d'un air belliqueux.

— Dans ce cas, tu peux m'expliquer ce que tu fiches ici, avec moi, au lieu d'aller la rejoindre ?

Une longue minute s'écoula, tandis que les mots de Dan faisaient leur chemin dans l'esprit de Nick.

Enfin celui-ci éclata d'un rire bref. Dan avait raison, se dit-il, il leur restait si peu de temps à tous les deux, et lui, comme un idiot, au lieu d'aller passer avec Gina chacune des minutes qui leur restaient à passer ensemble, restait là dans son coin à ruminer des idées noires et à regretter que les choses ne soient pas autrement. Mais à ce propos, pensa-t-il tout à coup, il ne tenait qu'à lui de faire en sorte que les choses deviennent différentes. D'accord, il avait toujours pensé qu'il ne voudrait jamais plus retomber amoureux. D'accord, il n'avait pas *prévu* de tomber amoureux de Gina. Et pourtant c'était arrivé.

Oui, la vie lui offrait une seconde chance, et il allait la saisir. Tout de suite.

— Bon sang, vieux, tu as raison, mille fois raisons, marmonna-t-il.

Et, sans même prendre la peine de saluer Dan, qui l'observait d'un œil goguenard, il se dirigea vers le groupe de femmes au milieu duquel se trouvait Gina.

Il hâta le pas et, comme si Gina l'avait senti venir, elle se tourna vers lui. Leurs regards se rencontrèrent, et Nick vit dans les yeux de Gina, la chaleur, la gaieté, la vivacité d'esprit qu'il avait déjà commencé à aimer. Elle lui sourit, et les battements de son cœur s'accélérèrent aussitôt. Comment avait-il pu croire un seul instant qu'il pourrait un jour vivre sans elle ?

Gina eut l'impression, tandis qu'elle fixait le regard bleu de Nick, que les voix des femmes qui l'entouraient s'estompaient soudain, jusqu'à disparaître complètement.

Que pensait-il ? se demanda-t-elle. Que ressentait-il ? Et, plus important encore, comment pouvait-il, d'un simple regard, mettre ainsi son sang en ébullition ?

Elle le regarda approcher, tremblante d'impatience. Tout cet après-midi elle avait joué un rôle, elle avait prétendu faire partie intégrante de sa vie. Elle avait écouté parler les épouses des autres militaires de la base. Elle avait été touchée par le fort sentiment de solidarité qui les unissait, et elle s'était surprise à les envier pour ce sentiment d'appartenance, cet esprit de corps. Elle avait observé Nick dans son élément, et, même ici, au milieu de tous ces guerriers professionnels, il lui avait paru se distinguer des autres. Voyant le respect évident avec lequel on le traitait, elle s'était sentie très fière d'être avec lui ce soir.

Elle retint son souffle tandis qu'il s'avançait vers le petit groupe de femmes, son regard toujours rivé au sien. Sa chemise bleu sombre intensifiait encore le bleu de ses yeux.

158

— Mesdames, dit-il de sa belle voix grave, tout en saluant d'un bref signe de tête, j'espère que vous ne verrez pas d'inconvénient à ce que je vous prive de la compagnie de ma petite amie.

Ma petite amie. Gina en frémit de plaisir. Oh, elle savait bien qu'il disait ça pour donner le change... mais elle se rendit compte qu'elle aurait beaucoup aimé qu'il la considère vraiment comme sa petite amie.

— Je ne sais pas si nous allons accepter, sergent, dit l'une des femmes en riant. Vous savez que Gina nous plaît beaucoup.

— Je n'en doute pas un instant, répondit Nick en gratifiant la femme d'un large sourire, car, pour ne rien vous cacher, Gina me plaît beaucoup à moi aussi. Donc, je vous l'enlève. Alors, au revoir, mesdames, et bonne fin de soirée à vous toutes.

Sur quoi, il prit Gina par la main et, sans même lui laisser le temps de saluer convenablement ses nouvelles amies, l'entraîna d'un pas décidé vers un endroit plus calme du jardin.

— Grâce à toi, cette soirée a été une réussite absolue, lui dit-il alors d'une voix douce, tout en la serrant contre lui.

— Merci, répondit Gina tout émue, en levant la tête pour le regarder dans les yeux.

Elle déglutit avec difficulté, lorsqu'elle sentit la main de Nick venir se poser sur sa taille.

— D'ailleurs, la soirée est bientôt terminée, reprit-il d'une voix sourde.

— Bientôt, oui, murmura Gina, tout en se concentrant sur la sensation de la main de Nick dans son dos.

A travers le mince tissu de son chemisier, elle sentait la chaleur de ses doigts, comme si elle avait été nue. Son cœur se mit à cogner plus fort dans sa poitrine.

Nick releva la tête un instant pour parcourir du regard le jardin autour d'eux, puis baissa de nouveau les yeux vers Gina. Elle leva une main pour la lui poser sur la joue, et vit ses muscles se contracter tandis qu'il serrait la mâchoire.

— J'ai besoin de te voir, dit-il soudain d'une voix rauque, impérieuse. Loin de tous ces gens. Seule.

Elle savait très bien ce qu'il voulait dire et, instantanément, un frisson parcourut son corps tout entier. C'était comme si elle avait bridé ses sensations pendant toute cette semaine, et que maintenant, tout à coup, elle les avait enfin libérées.

— Moi aussi, répondit-elle dans un souffle.

— Alors viens.

Il la prit par la main et l'entraîna derrière lui, se frayant un chemin au milieu des gens dont les visages paraissaient à Gina se fondre dans un brouillard.

Ils s'arrêtèrent un court instant pour prendre congé de leurs hôtes. La colonelle, une fois de plus, remercia chaleureusement Gina de lui avoir organisé une soirée si réussie. Le colonel renchérit, en félicitant Nick d'avoir su choisir une jeune fille aussi séduisante que compétente dans son domaine professionnel, et Gina en devint toute rose de confusion.

— Où as-tu garé ta voiture ? demanda Nick lorsqu'ils furent sortis de la maison.

— Là-bas, dit-elle en lui désignant du doigt une allée un peu plus loin.

Nick hocha la tête et commença à se diriger vers l'allée en question.

— Et toi, demanda Gina, qu'as-tu fait de la tienne ?

— Je suis venu à pied, j'habite à quelques centaines de mètres à peine.

— Oh. C'est tout près.

— Oui, vraiment tout près, répéta-t-il en la regardant d'une façon qui l'embrasa immédiatement.

— Bien, alors...

Elle lâcha la main de Nick pour prendre ses clés dans son sac et les lui tendit.

— ... je préfère que tu conduises, cela sera plus rapide.

— D'accord, dit-il simplement en montant s'installer derrière le volant.

Mâchoire serrée, Nick conduisait en regardant fixement devant lui, comme s'il n'avait pas osé regarder Gina, de peur d'envoyer la voiture dans le décor. Mais il tendit sa main droite pour la lui poser sur la cuisse, et se mit à la caresser lentement.

— Oh, je t'en prie, Nick, dépêche-toi, gémit Gina en renversant la tête en arrière.

Lorsqu'il glissa sa main entre ses cuisses elle poussa un grondement rauque.

— Je t'en supplie, dis-moi que tu as des préservatifs, murmura-t-elle.

— Oh oui, répondit-il en intensifiant sa caresse à travers le tissu du jean, et Gina poussa un soupir d'intense soulagement.

*
* *

Quelques secondes plus tard, Nick se gara devant son immeuble. Il coupa le moteur, et bondit hors de la voiture pour venir ouvrir la portière de Gina. Il la prit par la main et la tira hors du véhicule, referma la portière avec un claquement sec, puis, sans lui lâcher la main, il l'entraîna vers l'entrée de l'immeuble, traversa le hall au pas de charge, et s'engagea dans le couloir du rez-de-chaussée.

Il s'arrêta devant la porte du fond, et fourragea dans la poche de son pantalon, à la recherche de ses clés.

Lorsqu'il eut ouvert, il entra avec Gina, et referma aussitôt la porte derrière eux. Gina se tourna vers lui et lui sauta au cou, gémissant de bonheur lorsqu'il l'enveloppa de ses bras puissants pour la plaquer contre lui, tout en écrasant ses lèvres sur les siennes en un baiser ardent.

Il se mit à lui caresser le dos, les fesses, et la force de son désir électrisa Gina. Il la souleva de terre et, sans cesser de l'embrasser, la porta à travers l'appartement jusqu'à sa chambre. Il s'arrêta devant le lit pour la poser à terre ; et alors, avec une impatience fébrile, ils se débarrassèrent l'un et l'autre de leurs vêtements, envoyant valser à travers la pièce chemise, chemisier, chaussures et pantalons. En quelques secondes à peine, ils se retrouvèrent nus sur le lit, enlacés en une étreinte passionnée.

Les mains de Nick couraient sur le corps de Gina, et elle gémissait doucement, éperdue du bonheur de retrouver sur la peau nue la chaleur de ses mains expertes. Elle caressait son dos musclé, s'émerveillant de la force de ce corps athlétique, si merveilleusement lourd sur le sien. Enivrée par l'odeur de sa peau d'homme, par le goût de ses lèvres sur sa bouche.

Les yeux fermés, elle savourait chaque sensation, parce qu'elle savait qu'il faudrait qu'elle les garde pour toujours dans sa mémoire, pour qu'elle puisse se rappeler chacun des instants qu'elle aurait passés avec Nick. Chacune de ses caresses, chacun de ses baisers.

Il glissa sa main entre ses jambes et elle souleva les hanches pour venir à sa rencontre. Elle était prête.

— Oh, Nick, murmura-t-elle d'une voix chavirée, je t'en prie, viens, maintenant...

— Juste un instant, ma douce, répondit-il en se redressant pour se pencher vers sa table de nuit.

Elle entendit le glissement du tiroir qu'il ouvrait, puis le bruit d'un papier qui se déchirait, et elle sut qu'il s'était protégé.

Elle ouvrit les yeux et le regarda. Il revient s'agenouiller entre ses jambes, puis se mit à lui caresser doucement l'intérieur des cuisses, jusqu'à ce qu'elle se mette à trembler du désir qui montait en elle.

— Je t'en prie, Nick, viens, répéta-t-elle. J'ai tellement envie de te sentir tout au fond de moi...

— J'en meurs d'envie moi aussi, répondit-il d'une voix sourde.

Alors il s'allongea sur elle et la pénétra avec un gémissement rauque, écrasant ses lèvres sur les siennes en un baiser ardent, impérieux, et Gina crut qu'elle allait défaillir de plaisir. Elle sentait enfler en elle comme une onde puissante, irrépressible, tandis qu'elle épousait le rythme de son amant, de plus en plus rapide, de plus en plus intense...

Quand Gina cria son nom, Nick sut que jamais plus il ne pourrait la laisser partir.

Quelques minutes plus tard, il ramassa par terre le chemisier de Gina et le lui tendit.

— Merci, dit-elle en le lui prenant des mains.

Elle l'enfila et commença à le boutonner.

— Gina, dit Nick d'une voix douce, j'ai beaucoup réfléchi...

Gina lui jeta un bref coup d'œil, puis attrapa son pantalon à côté d'elle.

— A propos de ?...

— A propos de nous. A propos de ça, dit-il en désignant d'un geste de la main le lit défait. A propos de notre relation.

— Nick...

— Je pense qu'on devrait se marier.

— *Pardon* ?

Elle s'arrêta net, les mains sur la fermeture à glissière de son pantalon.

Nick se passa une main dans les cheveux et commença à arpenter la chambre, pieds nus.

« Ah, bravo, Paretti », se disait-il à lui-même, tout aussi surpris que Gina par ce qui venait de sortir de sa propre bouche. « Bien joué, mon, vieux, tout en subtilité. »

Gina secoua la tête et recula.

— Oh, Nick, pourquoi a-t-il fallu que tu dises une chose pareille ? demanda-t-elle.

Et Nick entendit le léger tremblement de sa voix.

Il eut un rire bref.

164

— Je t'avoue que ça m'a surpris, moi aussi.

— Désolée, Nick, mais je ne me sens vraiment pas *du tout* d'humeur à plaisanter, dit-elle d'une voix douce.

— Mais enfin Gina, moi non plus je ne me sens pas du tout d'humeur à plaisanter.

— Je te rappelle que je ne *peux pas* me marier, Nick. J'ai fait une promesse.

— Voyons, Gina, tu sais bien que c'était une promesse qu'aucun père au monde ne voudrait voir sa fille honorer.

— J'ai donné ma parole, Nick. Et puis, de toute façon, cette demande en mariage n'a sans doute aucune raison d'être.

Ses yeux s'embuèrent et elle cligna des paupières pour refouler ses larmes.

Nick comprit exactement ce qu'elle voulait dire, et cela le bouleversa qu'elle puisse penser une chose pareille.

— Tu crois que je te demande en mariage uniquement parce que tu *pourrais* être enceinte.

— Et quelle autre raison pourrait te pousser à renoncer à ton sacro-saint célibat ? explosa-t-elle. Tu sembles oublier que tu m'as expliqué — dès le début — que tu ne voudrais *jamais* te remarier.

— Eh bien, figure-toi que j'ai changé d'avis ! cria-t-il.

— Eh bien, figure-toi que moi *non* ! cria-t-elle à son tour.

— Ecoute, Gina, reprit Nick en essayant visiblement de se contrôler, je dois avouer que tout ça me dépasse un peu moi aussi. D'accord, je l'admets, je pensais que je ne voudrais jamais plus me marier. Mais j'ai tr avec toi... quelque chose que je n'aurais jamais cru pouvoir connaître un jour dans la vie.

— Tu sais, Nick, les gens ne se marient pas simplement parce qu'ils ont couché ensemble, dit Gina en essuyant d'un revers de main une larme qui venait de couler. Du moins plus à notre époque.

— Mais je ne te demande pas de m'épouser uniquement parce que nous avons couché ensemble, et tu le sais aussi bien que moi.

— Non. Et puis d'ailleurs, je ne *veux pas* le savoir.

— Ton problème, Gina, dit Nick d'une voix douce en se rapprochant d'elle, c'est que tu veux t'occuper de ta mère. Et ça, non seulement je peux très bien le comprendre, mais encore je peux t'aider à le faire.

— Je n'ai aucun besoin de ton aide ! protesta Gina en redressant vivement la tête. Maintenant, où sont mes chaussures ?

— Je n'ai jamais pensé une seule seconde que tu avais besoin de mon aide, expliqua posément Nick, je voulais simplement dire que...

— Je sais pertinemment ce que tu voulais dire, l'interrompit Gina en enfilant l'un de ses mocassins, mais je n'ai aucun besoin de l'argent de ta famille pour m'occuper de ma mère.

— Mais, bon sang, Gina, s'exaspéra Nick, je ne suis pas en train de te parler de l'argent de ma famille, je suis en train de te parler de *moi*.

Gina haussa les épaules et regarda le sol autour d'elle.

a bien pu disparaître mon autre chaussure ?

— Oh, la barbe avec ta chaussure ! explosa Nick. Je te parle de *nous*, ça ne te paraît pas infiniment plus important que cette satanée chaussure ?

— Mais il n'y a pas de *nous*, Nick, dit Gina d'une voix tremblante. Tu ne le comprends donc pas ? Oh, et puis zut, tant pis, je me passerai fort bien de cette chaussure, ajouta-t-elle avec un sanglot étouffé.

Sur ce, elle se dirigea vers la porte en claudiquant, ses pas résonnant avec un bruit curieux sur le plancher du salon.

Nick la regarda, pétrifié. S'il ne trouvait pas un moyen de se sortir de cette situation, pensa-t-il, Gina allait quitter sa vie pour toujours.

Il la rattrapa en deux enjambées et l'agrippa par le bras pour la faire pivoter et l'obliger à lui faire face.

— Gina, s'écria-t-il, promets-moi que, si tu es enceinte, tu accepteras de m'épouser !

Gina le regarda un long moment sans rien dire, puis elle leva une main pour lui effleurer la joue d'une caresse légère.

— Adieu, Nick, murmura-t-elle dans un souffle.

Alors, elle tourna les talons, ouvrit la porte et sortit, avant de refermer tout doucement le battant derrière elle.

12.

— Tu peux m'expliquer ce que tu as fait de ta deuxième chaussure ?

Gina s'arrêta net en voyant sa mère assise dans l'ombre sur les marches du perron. Elle qui avait espéré se glisser discrètement dans son appartement, où elle aurait pu pleurer tout son soûl, sans que personne ne risque de venir lui poser de questions...

Mais à y bien réfléchir, pensa-t-elle, étant donné la façon dont sa journée s'était déroulée jusqu'à présent, elle aurait pu se douter que rien n'allait se passer comme elle l'aurait voulu.

— Je... Euh... Je l'ai perdue.

A la lueur de la lumière du perron, elle vit sa mère lever un sourcil perplexe.

— J'en déduis donc que ça a dû être une soirée vraiment réussie.

Gina hocha la tête et reprit sa marche en direction de son escalier.

— Et où est passé ton petit ami ? demanda sa mère, au moment où elle passait devant elle.

— Ce n'est pas mon... ? commença Gina.

168

Mais elle s'arrêta au milieu de sa phrase, incapable de continuer, et se contenta de baisser les yeux, d'un air las.

— Ah, je vois, dit Marianne Santini. Vous vous êtes disputés.

Gina leva les yeux vers sa mère, et, tout à coup, elle se sentit prise d'une envie irrésistible de venir se blottir dans ses bras. Comme lorsque, petite fille, elle venait se faire consoler d'un très gros chagrin.

Etrange, pensa-t-elle, qu'un adulte puisse ainsi vouloir retomber en enfance dans des moments de crise.

— Qu'a-t-il fait de mal ? lui demanda sa mère d'une voix douce.

— Il m'a demandé de l'épouser.

— Oh. Il va vite en besogne, remarqua Mama avec un sourire. Et tu peux m'expliquer pourquoi cela a dégénéré en une dispute ?

— Parce que je lui ai répondu que je ne voulais pas l'épouser.

Gina ferma les yeux en se remémorant le visage de Nick lorsqu'elle l'avait quitté. De toute façon, se dit-elle, même si elle avait été libre de l'épouser, elle ne l'aurait pas fait. Il n'avait pas une seule fois parlé d'*amour*. Comment aurait-elle pu répondre « oui » à une demande uniquement motivée par une éventualité de grossesse ? Quel abominable mariage aurait été le leur, s'ils n'avaient décidé de s'unir que pour respecter des conventions sociales d'un autre âge ! Quelle vie horrible, cynique et hypocrite, ils auraient offerte à leur enfant !

— Assieds-toi, ma fille, dit Mama en prenant la main de Gina pour l'attirer sur les marches à côté d'elle.

De l'intérieur de la maison, parvenaient les bruits ordinaires d'une soirée typique : Angéla et son fils en train de se disputer pour savoir qui devrait débarrasser le couvert, avec, en toile de fond, le bruit de la télévision restée allumée dans le salon. Au bout de la rue, le caniche de Mme Harkin en train d'aboyer dans son jardin, comme il le faisait chaque soir à pareille heure avec une régularité d'horloge. Oui, tout était si ordinaire, et pourtant si... différent.

Gina vint s'asseoir sur la marche en ciment froid, se blottit contre sa mère, et appuya sa tête contre l'épaule de celle-ci.

— Explique-moi pourquoi tu lui as répondu non ? demanda Mama d'une voix douce.

— Je ne pouvais pas faire autrement.

— Ah. Mais dis-moi : est-ce que tu l'aimes ?

— Oui, murmura Gina.

Et elle se rendit compte à cet instant précis que c'était la première fois qu'elle admettait son amour pour Nick. Même à elle-même.

Oui, Nick Paretti était tout ce qu'elle aurait pu souhaiter : fort, gentil, obstiné, passionné... Oh, elle l'aimait. Mais cela ne changeait rien à son problème.

— Je ne peux pas l'épouser, continua-t-elle d'une voix éteinte.

— Ne prends surtout pas mal ce que je vais te dire, mais tu ne me parais pas très logique.

Gina se redressa, et se tourna vers sa mère pour la regarder dans les yeux. Comment pouvait-elle espérer lui expliquer ?

— Je...

170

Marianne Santini plissa les yeux d'un air soupçonneux.

— Tu quoi ?

Gina exhala un gros soupir.

— Je n'étais pas du tout supposée te le dire.

— Eh bien, tant pis, ma fille, maintenant *il faut* que tu me le dises. Allez, parle, ajouta-t-elle d'un ton péremptoire, que Gina ne se rappelait pas lui avoir entendu employer avec elle depuis son enfance.

Donc elle obtempéra. Sans doute parce qu'elle se sentait un peu impressionnée par le ton autoritaire de sa mère. Mais sans doute aussi parce qu'elle avait vraiment besoin de parler. Bref, en quelques minutes à peine, elle eut expliqué à Mama toute la situation.

Un long silence s'en suivit, au bout duquel Marianne Santini se leva.

— Prendre soin de moi ! s'exclama-t-elle en levant vers le ciel sombre un regard accusateur. Tu as demandé à notre fille de prendre soin de *moi* ?

— Maman...

Marmonnant en italien, Marianne Santini se retourna pour faire face à sa fille.

— Gina, ma chérie, tu sais que j'adorais ton père, mais quelquefois...

— Mais quelquefois quoi ? demanda Gina, un peu désarçonnée par l'exaspération évidente de sa mère.

— Enfin, chérie, réfléchis un peu, tu veux bien ? Tu peux me dire qui s'occupait des factures et de la tenue des comptes ? Qui est-ce qui vous a élevées toutes les trois ? Qui est-ce qui gérait à la fois la maison et la comptabilité du garage ?

— Toi, maman, bien sûr, répondit Gina, sans l'ombre d'une hésitation.

— Heureuse de te l'entendre dire, ma chérie, approuva sa mère en se plantant les poings sur les hanches. Donc, si on se résume, je te ferai remarquer que je n'avais nullement besoin que ton père s'occupe de moi. Non, j'avais besoin qu'il m'aime, un point c'est tout.

— Il t'aimait.

— Oui, il m'aimait, ma chérie, dit sa mère en tendant la main pour la poser sur la joue de Gina. Bien sûr, mais ce que je voulais tout simplement te faire comprendre, c'est que je peux *parfaitement* prendre soin de moi-même.

— Mais Papa...

— Papa a eu tort, interrompit Mama en adressant au ciel un autre regard noir avant de continuer. Je t'aime, ma chérie, mais je n'ai aucun besoin d'une nounou. Ce dont j'ai besoin, c'est de te savoir heureuse.

Nick avait eu raison, pensa Gina, soudain submergée d'une bouffée de tendresse, Marianne Santini était une femme exceptionnelle. Elle se leva et alla se blottir dans les bras que sa mère lui tendait, là où elle s'était toujours sentie en sécurité. Et aimée.

Après avoir serré sa fille contre sa poitrine, Mama la saisit par les épaules et la regarda droit dans les yeux.

— Sois heureuse, ma fille, c'est tout ce que je te demande. Mariée ou célibataire, comme tu le voudras, ça m'est égal. De toute façon, je te soutiendrai. Toujours.

— Je sais, maman, je sais...

— Parfait, alors maintenant tu vas me faire le plaisir d'oublier *immédiatement* cette promesse abracadabrante, et ce soir, quand je parlerai à ton père, crois-moi, je vais lui expliquer ma façon de penser.

Gina sourit, à travers les larmes qui lui brouillaient la vue. Oh non, elle n'enviait pas son père. Même là-haut, au paradis, il ne serait pas à l'abri du fichu caractère de Mama !

— Bon, à présent que nous avons, une bonne fois pour toutes, réglé ce problème, toi tu vas monter te passer de l'eau sur la figure, et ensuite, peut-être que tu pourrais téléphoner à ce charmant garçon. Moi, de mon côté, il faut que je me dépêche de me préparer : je sors, ce soir.

Gina regarda sa mère bouche bée.

— Tu... Tu as un rendez-vous ?

— Eh oui ! Ça t'étonne ? Tu me trouves trop vieille ou trop laide pour qu'un homme puisse avoir envie de sortir avec moi ? Allons, ma chérie, remets-toi, ajouta sa mère en riant de l'air abasourdi de sa fille. Après tout, ça n'a rien de si terrible, non ? Enfin, tu vois que j'avais raison de te dire que je peux parfaitement prendre soin de moi-même. Alors maintenant, ma belle, c'est à toi d'en faire autant.

Restée seule dans l'obscurité, Gina se rendit enfin compte que, en effet, sa mère, loin d'avoir besoin de protection, gérait sa vie de façon plus efficace qu'elle-même n'arrivait à gérer la sienne. Et que, en fait, à y bien réfléchir, elle l'avait toujours su. Peut-être n'avait-elle fait que se cacher derrière cette promesse à son père.

Hélas, maintenant qu'elle était déliée de sa promesse, tous ses problèmes ne se trouvaient pas résolus pour autant. Puisque l'homme qu'elle aimait, celui avec lequel elle aurait voulu passer le reste de ses jours, ne s'intéressait qu'à une seule chose : protéger un enfant dont on n'était même pas encore certain qu'il existait.

Une semaine plus tard, Nick se tenait dans l'immense salle où devait avoir lieu le concours de danse. Un œil fixé sur la porte d'entrée, et l'autre sur le banc des juges qui lui faisaient face, il essayait de se convaincre que ça allait marcher.

Et il fallait que ça marche.

Il avait tenté toute la semaine de parler à Gina, mais, malgré tous ses efforts, elle avait réussi à l'éviter.

Donc, sa dernière chance de lui parler, et d'essayer de la retrouver, c'était ce stupide concours. Et, pour cette unique chance, il était même prêt à s'humilier en public.

Bon sang, pensa-t-il, il se sentirait vraiment plus sûr de lui en ce moment en treillis de combat avec un fusil M16 au poing.

A cet instant, la porte s'ouvrit et Gina entra. Elle s'arrêta un instant sur le seuil, balaya du regard la salle pleine de monde, et s'arrêta lorsqu'elle aperçut Nick.

Elle portait une robe vert pâle, avec un décolleté assez plongeant pour tourner la tête de n'importe quel homme normalement constitué, et une jupe ample qui ondulait autour de ses jambes fines, tandis qu'elle s'avançait vers lui. Elle avait relevé ses cheveux en un chignon retenu sur le sommet de sa tête par un peigne en strass qui scintillait dans la lumière, et Nick la trouva superbe, malgré la lueur triste de son regard, qui le rendit profondément malheureux.

Dès qu'elle l'aperçut, Gina pensa qu'elle n'aurait jamais dû venir. Dieu savait qu'il y avait longtemps qu'elle avait cessé de s'intéresser à ce fichu concours. Mais, par ailleurs, cette soirée représentait sa dernière chance de voir Nick. De lui parler. Et il fallait absolument qu'elle lui parle. Il avait le droit de savoir. Après, il pourrait reprendre le cours de son existence. Sans elle. Comme si rien ne s'était jamais passé entre eux.

Et elle... Eh bien, elle pourrait commencer à essayer de l'oublier.

Oh, cela n'allait pas être facile. Son cœur se mit à battre plus fort tandis qu'elle admirait la superbe silhouette de Nick. Il portait ce soir une veste sport marron foncé et un pantalon kaki. Mais ce fut le bleu de ses yeux qui, une fois encore, la fit littéralement défaillir. Exactement comme cela s'était produit la première fois qu'elle l'avait aperçu. Le soir du premier cours de danse.

L'orchestre se mit à jouer, et aussitôt, dans un même mouvement, candidats et spectateurs se dirigèrent vers l'immense piste de danse, laissant Nick et Gina, seuls face à face dans l'entrée.

— Tu es en retard, remarqua Nick d'une voix grave.

— Je sais, oui.

En fait, elle était arrivée très à l'heure. Mais elle était restée quelques minutes dans le parking, le temps de trouver le courage de sortir de sa voiture, pour se rendre à ce fichu concours.

— Gina...

— Avant que tu ne me dises quoi que ce soit, l'interrompit brusquement Gina — parce qu'elle voulait l'arrêter avant qu'il ne fasse quelque chose de stupide, comme par exemple renouveler sa demande en mariage, il faut absolument que tu saches quelque chose.

— D'accord, je t'écoute.

Pourquoi était-ce aussi difficile ? se demanda-t-elle en le regardant dans les yeux. Elle aurait dû être heureuse. Elle aurait dû se sentir soulagée. Alors, pourquoi ressentait-elle une irrépressible envie de pleurer ?

— Il n'y a pas de bébé, dit-elle précipitamment, parce qu'elle craignait que sa voix ne se brise avant qu'elle ait fini de prononcer ces mots.

Ses règles étaient arrivées ce matin, et, depuis, elle était inconsolable. Maintenant, non seulement elle allait perdre Nick mais elle n'aurait pas son enfant non plus.

Elle allait devoir dire adieu à ce rêve qu'elle avait caressé. A ce fol espoir qui n'avait fait que croître au cours des trois semaines qui venaient de s'écouler, qui avait troublé ses jours et hanté ses nuits.

Non, elle n'aurait pas d'enfant de Nick.

Pourtant, elle s'était évertuée à se répéter que cela valait mieux comme ça, que c'était infiniment plus... raisonnable. Mais qu'est-ce que la raison avait à voir avec ses sentiments ?

Nick la dévisagea un long moment sans rien dire, avant de demander enfin :

— Tu en es absolument certaine ?

Gina eut un rire sans joie.

— Oui, Nick, j'en suis absolument certaine.

— Oui, bien sûr, marmonna-t-il en se passant une main dans les cheveux. Bien sûr que tu en es certaine, je voulais juste...

Gina aurait été incapable de dire ce qu'il pensait, et peut-être était-ce mieux ainsi. Elle n'aurait pas aimé pouvoir lire dans ses yeux son soulagement d'avoir échappé de justesse à la catastrophe. Pas plus qu'elle n'avait envie de l'entendre dire qu'ils avaient eu de la chance.

Il fallait encore qu'elle participe à ce concours. Après seulement, elle pourrait rentrer chez elle.

Elle ne laisserait pas Nick se rendre compte de son désarroi, de sa terrible déception. Elle ne le laisserait pas se rendre compte qu'elle l'aimait. C'était sans doute stupide, mais c'était tout ce qui lui restait. Son amour-propre.

Nick tendit la main pour l'attraper par le bras.

— Gina, attends.

Elle se redressa, et se força à lui sourire, d'un sourire un peu crispé, dont elle espérait cependant qu'il donnerait le change.

— Tout est fini, général. Ton honneur est sauf. Ta demande oubliée. Tu peux être rassuré.

Elle dégagea son bras d'un geste brusque et reprit sa marche, le dos droit, la tête haute. Nick resta planté là, immobile, à la regarder s'éloigner.

Il avait l'impression qu'il venait de recevoir un énorme coup de poing dans l'estomac. Il se sentait complètement sonné. Et un peu nauséeux. Il éprouvait du mal à recouvrer son souffle, et il ressentait, au fond de sa poitrine, une douleur sourde.

Tandis qu'il regardait Gina s'enfoncer dans la foule, il essayait de se dire qu'il aurait dû remercier le ciel. Il n'y avait pas de bébé. Il n'y en avait jamais eu. N'importe quel homme dans sa situation aurait sans doute bondi de joie.

Pourtant, Nick avait l'impression que quelqu'un qui lui était proche venait de mourir. C'était franchement stupide, se dit-il, de pleurer la mort d'un enfant qui n'avait jamais existé. Et pourtant.

Pourtant, dans son esprit, cet enfant avait été bien réel. Parce qu'il aurait été à la fois une partie de Gina et une partie de lui-même. Parce que, surtout, il aurait été le souvenir durable de cette nuit incroyable.

Mais Nick était certain d'avoir lu dans les yeux de Gina une peine semblable à la sienne. Donc, il voulait s'en convaincre, cela signifiait qu'elle ressentait la même chose que lui.

Gina disparut à ses yeux, happée par la foule et, à cet instant précis, Nick comprit que, s'il ne la retrouvait pas, s'il ne l'obligeait pas à l'écouter, alors elle serait perdue pour lui à jamais.

En vrai marine qu'il était, il fonça vers la piste, se frayant un chemin à travers la foule mouvante.

Comme s'ils avaient senti qu'il était en mission, les gens devant lui s'écartèrent pour lui laisser le passage. Derrière ceux-ci, d'autres marmonnèrent quelques protestations, mais Nick n'y prêta aucune attention, tout entier concentré dans sa recherche d'un chignon brun et d'une robe vert d'eau.

Il l'aperçut enfin, au bord de la piste, en train de regarder les premiers concurrents qui évoluaient sur la piste au son d'une musique de valse, la première des épreuves imposées.

Il arriva derrière elle, l'attrapa par les épaules et la fit pivoter pour qu'elle se retrouve face à lui.

Sur la piste, la musique était beaucoup plus forte, mais Nick pensa qu'elle ne réussissait pas à couvrir les battements de son propre cœur.

— Nous passons juste après, dit Gina d'une voix calme, affectant d'ignorer les mains de Nick sur ses épaules, et gardant les yeux obstinément fixés sur le couple de danseurs.

— On ne passe après personne, si tu refuses de m'écouter d'abord.

— Il n'y a rien d'autre à ajouter, chuchota-t-elle, toujours sans le regarder.

— Erreur, princesse, murmura-t-il en l'attirant contre lui, avant d'incliner la tête pour que ses yeux se trouvent au niveau de ceux de Gina, et qu'elle ne puisse plus faire autrement que de le regarder.

— ... Je ne veux pas que tu oublies ma demande en mariage.

— A présent, elle n'a plus de raison d'être, dit-elle d'une voix altérée par l'émotion.

— Je t'en prie, Gina, insista-t-il en haussant la voix, sans se préoccuper des regards curieux que leur jetaient leurs voisins. Je te demande de me croire si je te dis que ce n'est pas à cause du bébé que je t'ai demandé de m'épouser. Ou du moins pas exactement. En fait, ça n'était qu'une excuse que je me donnais à moi-même.

— Peu importent tes motivations, réelles ou imaginaires, dit-elle en essayant de se dégager, puis en abandonnant, parce que Nick était beaucoup trop fort pour elle.

— ... Maintenant, veux-tu bien me lâcher et me laisser partir, ajouta-t-elle d'un ton peu amène.

Mais Nick ne desserra pas l'étau de ses bras.

— Hors de question, princesse, je ne te laisserai *jamais* partir. Du moins pas tant que je ne t'aurai pas entendue me dire que tu laisses tomber cette histoire de promesse à ton père, et que tu acceptes de m'épouser.

Gina fusilla du regard un de leurs voisins qui suivait visiblement leur conversation avec un intérêt passionné, avant de se tourner de nouveau vers Nick.

— Cette « histoire de promesse », comme tu dis, n'est plus à prendre en compte.

— Ah non ? s'étonna Nick tout en se promettant de creuser davantage la question plus tard, dès qu'il en aurait l'occasion.

Mais *après* avoir réglé le problème en cours.

— Non, continua Gina, mais cela ne change rien à la situation.

Une salve d'applaudissements s'éleva au moment où le premier couple en compétition termina sa première épreuve, et les juges se mirent à délibérer.

— Au contraire, rétorqua Nick, cela change tout.

— Enfin, Nick, rappelle-toi : tu m'as dit toi-même que tu ne voudrais jamais te remarier.

— Je t'ai aussi dit, rappelle-toi, que j'avais changé d'avis.

— Et pourquoi donc ?

— Mais parce que je suis tombé amoureux de toi, voilà pourquoi ! s'exclama-t-il d'une voix forte, qui fit se retourner vers eux plusieurs rangs de spectateurs.

On entendit même une femme pousser un soupir extasié.

Mais la seule femme dont Nick aurait aimé obtenir une réaction ne prononça pas un mot.

Elle se contenta de le regarder avec ses grands yeux bruns, ces yeux qui promettaient de le hanter jusqu'à la fin de ses jours.

— Candidats suivants..., appela un officiel dans le micro, Gina Santini et Nick Paretti, représentant le cours de Danse Stanton.

— Il faut qu'on y aille, dit Gina d'une voix tremblante.

— Pas encore, non, j'ai d'abord des tas de choses à te dire.

— Nick, je t'en prie, arrête.

— Jamais. Je t'aime, Gina. Et je n'ai plus du tout peur de te l'avouer. Je t'aime, et je veux avoir des enfants de toi.

Gina cligna des yeux et une grosse larme coula le long de sa joue.

La gorge nouée d'émotion, Nick pensa qu'il atteignait enfin son but, qu'il fallait à tout prix qu'il continue à parler.

— ... Je veux me réveiller chaque matin à côté de toi, pour le reste de mes jours. Je veux rire avec toi, me disputer avec toi...

Il émit un petit rire.

— ... Je veux même danser avec toi. Oui, je veux tout cela, Gina, mais je ne l'obtiendrai que si tu me réponds « oui ».

— Gina Santini ? Nick Paretti ? s'impatienta le juge derrière son micro.

Gina releva lentement la tête en signe de dénégation, mais Nick voyait fort bien que sa résistance faiblissait. En bon marine qu'il était, il décida de passer à l'offensive : il serra Gina dans ses bras, et écrasa ses lèvres sur les siennes avec la violence du désespoir.

Il mit dans ce baiser tout son amour, tout son désir, tout le besoin qu'il avait d'elle, et lorsque, enfin, il s'écarta, il sentit Gina vaciller dans ses bras.

— Gina ? demanda-t-il en lui entourant le visage de ses mains.

— Nick, je...

— Gina, réponds-moi : est-ce que tu m'aimes ?

— Bien sûr que je t'aime, mais...

— Ah ! Enfin, elle l'admet ! s'écria-t-il avec un sourire triomphant. Alors pas question de « mais », princesse, je veux juste une réponse : veux-tu m'épouser ?

Les yeux de Gina s'embuèrent de nouveau, mais cette fois-ci elle hocha la tête en signe d'assentiment.

— Oui, général, je veux t'épouser, murmura-t-elle en souriant à travers ses larmes.

Leur auditoire accueillit cette déclaration avec des applaudissements et des exclamations joyeuses, puis on entendit de nouveau le juge appeler.

— Est-ce que les danseurs du cours Stanton sont présents dans la salle ?

— Ils arrivent, monsieur, ils arrivent ! tonna Nick au-dessus des rires et des applaudissements de leurs voisins.

Riant et pleurant à la fois, Gina glissa sa main dans celle de Nick et le suivit sur la piste.

Ils prirent la pose pour le départ de la valse.

— Si on gagne, murmura Nick à l'oreille de Gina, c'est toi qui choisis la destination de notre voyage de noces. Si on perd, c'est moi qui choisis.

Gina le gratifia d'un sourire éblouissant.

— Je suis certaine que tu vas *adorer* Hawaii, général...

Le nouveau visage
de la collection Or

◆

AMOURS D'AUJOURD'HUI

Afin de mieux exprimer sa modernité et de vous séduire encore davantage, votre collection Or a changé de couverture et de nom depuis le 1er mars 1995.

Rassurez-vous, les romans, eux, ne changent pas, et vous pourrez retrouver dans la collection **Amours d'Aujourd'hui** tous vos auteurs préférés.

Comme chaque mois, en effet, vous y attendent des héros d'aujourd'hui, aux prises avec des passions fortes et des situations difficiles...

**COLLECTION
AMOURS D'AUJOURD'HUI :**
Quand l'amour guérit des blessures de la vie...

HARLEQUIN

LE FORUM DES LECTEURS ET LECTRICES

CHERS(ES) LECTEURS ET LECTRICES,

VOUS NOUS ETES FIDÈLES DEPUIS LONGTEMPS?

VOUS VENEZ DE FAIRE NOTRE CONNAISSANCE?

SI VOUS AVEZ DES COMMENTAIRES, DES CRITIQUES À FORMULER, DES SUGGESTIONS À OFFRIR, N'HÉSITEZ PAS… ÉCRIVEZ-NOUS À:

> LES ENTREPRISES HARLEQUIN LTÉE.
> 498 RUE ODILE
> FABREVILLE, LAVAL, QUÉBEC.
> H7R 5X1

C'EST AVEC VOS PRÉCIEUX COMMENTAIRES QUE NOUS ALLONS POUVOIR MIEUX VOUS SERVIR.

DE PLUS, SI VOUS DÉSIREZ RECEVOIR UNE OU PLUSIEURS DE VOS SÉRIES HARLEQUIN PRÉFÉRÉE(S) À VOTRE DOMICILE, NE TARDEZ PAS À CONTACTER LE SERVICE D'ABONNEMENT; EN APPELANT AU (514) 875-4444 (RÉGION DE MONTRÉAL) OU 1-800-667-4444 (EXTÉRIEUR DE MONTRÉAL) OU TÉLÉCOPIEUR (514) 523-4444 OU COURRIER ELECTRONIQUE: AQCOURRIER@ABONNEMENT.QC.CA OU EN ÉCRIVANT À:

> ABONNEMENT QUÉBEC
> 525 RUE LOUIS-PASTEUR
> BOUCHERVILLE, QUÉBEC
> J4B 8E7

MERCI, À L'AVANCE, DE VOTRE COOPÉRATION.

BONNE LECTURE.

HARLEQUIN.

VOTRE PASSEPORT POUR LE MONDE DE L'AMOUR.

<u>COLLECTION HORIZON</u>

Des histoires d'amour romantiques qui vous mènent au bout du monde!

Découvrez la passion et les vives émotions qu'apportent à la Collection Horizon des auteurs de renommée internationale!

Captivantes, voire irrésistibles, ces histoires d'amour vous iront assurément droit au coeur.

Surveillez nos trois nouveaux titres chaque mois!

La COLLECTION AZUR

Offre une lecture rapide et

- ☑ *stimulante*
- ☑ *poignante*
- ☑ *exotique*
- ☑ *contemporaine*
- ☑ *romantique*
- ☑ *passionnée*
- ☑ *sensationnelle!*

COLLECTION AZUR...des histoires d'amour traditionnelles qui vous mènent au bout monde! Cinq nouveaux titres chaque mois.

GEN-RP-R

**L'ASTROLOGIE EN DIRECT
TOUT AU LONG
DE L'ANNÉE.**

(France métropolitaine uniquement)
Par téléphone 08.92.68.41.01
0,34 € la minute (Serveur SCESI).

Composé et édité
PAR LES ÉDITIONS HARLEQUIN
Achevé d'imprimer en février 2004

BUSSIÈRE
GROUPE CPI

à Saint-Amand-Montrond (Cher)
Dépôt légal : mars 2004
N° d'imprimeur : 40138 — N° d'éditeur : 10426

Imprimé en France

Begonias

A Wisley handbook

Bill Wall

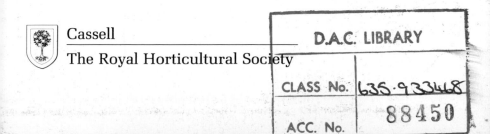

Cassell

The Royal Horticultural Society

Cassell Educational Limited
Artillery House, Artillery Row
London SW1P 1RT
for the Royal Horticultural Society

Copyright © Bill Wall 1988

First published 1988

BRITISH LIBRARY CATALOGUING IN PUBLICATION
Wall, Bill, 1924–
    Begonias.
    1. Begonias. Cultivation
    I. Title II. Series
    635.9'3346
    ISBN 0–304–32181–8

Photographs by the Harry Smith Collection, Bill Wall and
Michael Warren
Line drawings by Graham Wall
Design by Lesley Stewart

Phototypesetting by Chapterhouse, The Cloisters, Formby
Printed in Hong Kong by Wing King Tong Co. Ltd

Contents

Introduction

Mention the word "begonia" to many people and they think of the tuberous begonias with their giant flamboyant flowers. Thousands of these are bought from garden centres and stores throughout the country in early spring, to be raised as pot plants for summer decoration in the home, while named varieties are lovingly tended by enthusiasts, for exhibition at flower shows in the late summer. Other people will associate the genus with the Semperflorens or Multiflora begonias, both of which are used for bedding out to give masses of colour in the garden from late spring to the first frosts.

However, in more recent years a number of foliage begonias have been appearing on the scene and have become popular as colourful evergreen houseplants, particularly the dwarf ones like 'Tiger Paws', 'Cleopatra' and *B. mazae*. These are showy throughout the year and are very easy to cultivate in the home in shady situations, where many other plants would not succeed. For their owners, inspired to look for further varieties, they open up a whole world of begonias – a group of plants which is probably more diverse in leaf colour and shape and more varied in form than any other, and often with the bonus of long-lasting flowers.

HISTORY

The genus is a very large one, containing over 2,000 species and several thousand hybrids. It includes many of our finest ornamental pot plants, noted for their magnificent flowers or for their remarkable, often iridescent, leaf colouring, as well as some most useful summer bedding plants for the garden. The genus was recognized as such in 1700 and named in honour of Michel Begon, a French botanist and administrator of Santo Domingo in the West Indies. However, a few plants had been discovered before this date which subsequently proved to be begonias. In 1649, the Mexican plant now known as *B. gracilis* was first described and a little later, in 1688, the plant which is widely grown today under the name of *B. acutifolia* was collected in Jamaica.

Opposite: 'Sugar Candy', a magnificent example of the large-flowered, double, tuberous begonias

The Iron Cross begonia, *B. masoniana*, has deeply puckered leaves with distinctive markings

The first begonia to arrive in Britain was *B. nitida*, which was sent to Kew in 1777. From then on, new species began to reach Britain and Europe in ever increasing numbers. In 1804, *B. evansiana* (now properly known as *B. grandis* subspecies *evansiana*) was introduced and was the first begonia species to be described in *Curtis's Botanical Magazine*, in 1812. In 1856, the original *B. rex* was found in Assam, India, and supposedly reached Britain by chance in an importation of orchid plants. From this, the enormous range of popular Rex cultivars has been evolved. Then in 1865, from Bolivia, came *B. pearcei*, the first of several South American tuberous species with flowers of various colours. These were immediately taken up by British and Continental nurserymen, who produced hybrids which were the forerunners of our modern giant-flowered tuberous begonias.

Another important introduction was the Brazilian *B. semperflorens*, a pink-flowered shrubby plant, found in 1878. Its cultivars are now grown in huge numbers for summer bedding. The year 1880 saw the arrival of *B. socotrana*, a winter-flowering bulbous species from the Indian Ocean island of Socotra, off the coast of Somalia. This was used by French growers to produce the Lorraine series of winter-flowering plants and by English hybridizers for the larger-flowered Optima or Hiemalis group. Although both were grown extensively before the Second World War, they have been largely replaced today by the Rieger begonias, developed in West Germany from 1955, which are among our most popular houseplants.

In 1948, *B. bowerae* was discovered in Mexico and was introduced into Britain in 1952 by Maurice Mason, a noted amateur grower from Norfolk. This species has been a parent of numerous hybrids, often collectively called eyelash begonias because of the prominent whiskers edging the leaves, which have proved very amenable as houseplants. Mr Mason was also responsible for the introduction from Malaya of *B. masoniana*, known as the Iron Cross begonia owing to the dark pattern on the leaves.

Since 1945, a large number of new species have been discovered and many hundreds of hybrids have been raised, mainly in the USA, although amateurs like the late Mr Macintyre of Liverpool have helped to maintain the expertise of British growers in the field. The American Begonia Society, founded in 1932, has been the agency for the introduction of many of the new species, collected all over the world. In addition, the society operates a registration list, which records the name and parentage of new hybrids of any significant interest, along similar lines to *Sander's List of Orchid Hybrids*.

DISTRIBUTION AND CLASSIFICATION

Species of begonia are found in Mexico, Central and South America, Africa and over a large area of the Far East, usually in quite localized areas for a particular species. They occur in tropical and temperate climes and at various elevations and, therefore, temperature ranges. This wide distribution in nature, with obviously a diverse set of environmental conditions, has resulted in such varied habits of growth among the species that it is difficult to give general advice on cultivation to cover them all. Add to this the numerous hybrids that have been made and the

picture becomes even more confused. However, things are not as bad as they look and it is perfectly feasible to break down the genus into groups requiring similar treatment.

As will be explained, these artificial divisions should also help us decide which plants may be grown where. For instance, we all know what a riot of colour can be obtained in the garden by bedding out the modern varieties of B. semperflorens, which seem to grow in sun or shade with very little attention. The same sort of position, though, would be useless for the beautiful foliage begonias in the rhizomatous group, which need shade and protection from the vagaries of the elements to preserve the velvety texture of the leaves. However, with such an enormous range of plants to choose from, we can find a begonia which can be grown in almost any situation.

Several classifications have been proposed, but for the purposes of this book the genus has been divided into six sections (with corresponding chapters), which seem to be the most practical for defining cultural needs and methods. These are as follows:

Rhizomatous (p.23): striking foliage plants, often with the bonus of flowers, including the B. rex cultivars and species like B. bowerae and B. manicata.

Cane-stemmed (p.30): tall plants valued equally for flowers and leaves, the latter resembling angel's wings or being lobed and wavy.

Tuberous (p.35): plants with large single or double flowers in late summer, the favourites at flower shows; together with Multiflora plants for bedding and species such as B. sutherlandii.

Fibrous-rooted (p.42): bushy plants grown mainly for flowers, including B. metallica and B. haageana; and also B. semperflorens cultivars for summer bedding.

Winter-flowering (p.49): Lorraine and Rieger begonias with showy flowers.

Miscellaneous (p.51): plants which do not fit easily into any of these categories and require special conditions.

Where appropriate, a selection of species and hybrids within the group is given at the end of the chapter. Most are easy to grow and all are in cultivation in Britain.

Opposite: a variety, probably nigramarga, of the original eyelash begonia, B. bowerae

11

General cultivation

A small mixed collection of begonias which will give colour throughout the year is easy to look after, whether in the greenhouse, conservatory or home. This chapter examines the various uses of begonias and their cultivation requirements generally, including compost, watering, feeding, temperature and light. Further details of the needs of specific groups will be found in the chapters devoted to them.

IN A GREENHOUSE

In a greenhouse where a minimum winter temperature of 45°F (7°C) is maintained, the majority of the plants described in this book can be grown. During the summer months, begonias under glass need shading of some sort, either the kind which is painted on to the outside of the glass, or tinted plastic sheet or netting fixed inside. The shading also helps to keep the temperature down in very hot weather. Air should be admitted freely whenever possible, not only to reduce the temperature but to give good air circulation around the plants and reduce the chance of infection by botrytis or powdery mildew. This is particularly important with the large-flowered tuberous varieties. A high humidity is not essential for begonias in a cool greenhouse and it is not recommended to spray them as a regular routine, since water remaining around the lower stems for a long time can cause rotting, especially in the rhizomatous types. It is, however, very good practice to flood the pots with water occasionally in the summer. This will remove most of the salts that build up in the compost, particularly in hard water areas, and help to prevent souring of the compost and subsequent loss of roots.

Begonias, on the whole, prefer slightly acid conditions. A suitable compost for most purposes is made up of equal parts by volume of John Innes No. 2 potting compost and sphagnum moss peat, with half a part of coarse grit or perlite to keep the mixture open and free-draining. The plants appreciate fairly frequent potting on or repotting, using this mixture. Young plants in 2 in. (5 cm) pots may be potted first into 3½ in. (9 cm) pots, then three months later into 5½ in. (14 cm) half-pots. Subsequently, at intervals of about six months in spring and early autumn, they are repotted by taking the plant out of the pot and dividing it if necessary, removing most of the old compost and returning the

The large-flowered tuberous begonias need plenty of room and are probably best grown in a greenhouse

plant to the same pot with fresh compost. A $5\frac{1}{2}$ in. (14 cm) pot gives a plant quite large enough for most purposes, the spread of a rhizomatous begonia being about 1 ft (30 cm), although if a show specimen is required, the plant may be potted on in stages into a much larger pot.

Watering is, of course, dependent on the size of plant relative to its container and on temperature, humidity and light. Begonias should be allowed to get fairly dry between waterings. Many will show their need for water by drooping stems and this is the time to soak the compost; after an hour or so, the plant should return to its normal upright appearance. In a cool greenhouse, growth is

13

most active from April to November and the plants require additional feeding, say at every third watering. A high potash feed is best and a liquid fertilizer such as Tomorite gives very good results with both foliage and flowering begonias. During winter, when growth is at a minimum or even at a complete standstill, watering should be reduced accordingly and no feeding is necessary.

It is possible to find positions to suit particular plants in the greenhouse. Generally, the cane-stemmed and tuberous begonias need the most light and fibrous begonias a little less, while the rhizomatous varieties require more shade, many growing extremely well under the greenhouse staging.

In a warmer greenhouse, kept at about 55°F (13°C) minimum, begonias from more exotic sources may be grown, together with many of the others suitable for a cool greenhouse. The latter would as a result have a longer growing season and need more frequent watering and feeding. Higher humidity is more acceptable with the higher temperature, but care should still be taken not to overwater. Under these conditions it is advisable to increase the amount of drainage material in the compost to admit more air to the roots.

IN A CONSERVATORY

A north-facing conservatory is ideal for begonias and a mixed collection may be grown in much the same way as in a cool greenhouse, repotting at similar intervals, watering only when dry and feeding regularly during the summer. Plants can easily be stood outside in the garden to flush out excess salts from the compost with a hosepipe.

In conservatories that do not face north, shading and ventilation will have to be introduced to reduce the light intensity and temperature sufficiently. If the temperature is likely to exceed 90°F (32°C) or direct sunlight cannot be excluded, then begonias (and in fact most other plants) can be ruled out.

IN THE HOME

Indoors, the problem is not so much high light levels as shade and it is here that begonias prove so useful, particularly the rhizomatous kinds. These will grow in quite shady positions, but not of course in the half-dark. A north window is a good place and can be used for rhizomatous and fibrous begonias. East or west aspects will accommodate fibrous and cane begonias and should afford enough light for them to flower well. However, a south-

Cane-stemmed begonias like the familiar 'Lucerna' should have maximum light

facing window is not suitable, unless there is substantial shading to protect the plants from direct sunlight through the glass. Semperflorens begonias may also be grown in a light situation in the home and, if it is to their liking, will provide flowers continually. The large-flowered tuberous types may be used for temporary decoration, but need a fair amount of room and careful culture to bring them to perfection. For year-long flowers the Rieger begonias, which have been specifically developed as houseplants, are difficult to surpass.

Never place a begonia near a central heating radiator or an open fire, as this will result in brown shrivelled edges to the leaves. Similarly, avoid draughts. Begonias are not affected by central heating and temperatures within a house are generally suitable. A comfortable temperature for humans is also enjoyed by begonias. Watering and feeding should be carried out on the same principles as in a greenhouse, that is, water only when the compost in the pot is dry and give a high potash fertilizer at intervals while the plant is in active growth.

'Golden Shower', a tuberous Pendula hybrid which is ideal for a
hanging basket

Some of the exotic tropical begonias may be grown in a heated
terrarium, where conditions of high temperature and humidity
can be achieved. Such a container, be it a modified aquarium or a
purpose-built cabinet, can be used for gems like *B. versicolor*, with
velvety multicoloured leaves, and the miniature *B. prismatocarpa*,
with a constant display of yellow red-striped flowers. Most of
these stove begonias require a much lighter, more open compost
than the general range of begonias, in fact many are epiphytic or
tree-dwelling in the their natural habitats. A mixture of live
sphagnum moss and leafmould suits the majority, with a layer of
pea shingle underneath to ensure adequate drainage, together
with a fairly constant temperature of around 70°F (21°C).

IN THE GARDEN

The cultivars of *B. semperflorens* are among the finest plants available for summer bedding. Raised from seed under glass in the early part of the year (see pp. 21–2) they will flower continuously from the moment they are planted out in May until the first frosts of autumn. At the end of the season, perhaps in September, any particularly good plants may be lifted and potted, to grow as flowering houseplants during the winter.

The Multiflora tuberous hybrids also make excellent bedding plants and will give hundreds of flowers in a wide range of colours all summer. They are raised from seed with heat in the same way as the Semperflorens begonias, but are lifted in the autumn and stored through the winter. The next spring they may be started into growth again and planted out in the garden or used as summer-flowering pot plants in the home.

Under similar conditions outside, some of the fibrous begonias do very well, either as dot plants among bedding begonias or in a container on a patio. The best for this purpose include *B. incarnata*, *B. acutifolia* and *B.* 'Ingramii', which all form nice shrubby plants some 2 ft (60 cm) high. Other glossy-leaved fibrous begonias may be worth trying here. Semperflorens and Multiflora begonias are also excellent in containers, together with the tuberous Pendula hybrids in hanging baskets. For sunnier parts of the garden, the large-flowered tuberous begonias can be impressive in flower, but do need a little attention with staking and removing old blooms.

One tuberous begonia that does not need to be lifted and stored is *B. grandis* subspecies *evansiana*. This is completely hardy in the southern half of Britain and, if planted in a garden border, will emerge in May to make a plant 2 ft (60 cm) high, with many bright pink flowers in August and September. A white form is also grown.

Propagation

Begonias are propagated by one of four methods, namely stem cuttings, division, leaf cuttings and from seed.

STEM CUTTINGS

Fibrous-rooted, cane-stemmed and tuberous begonias may be increased by stem cuttings. All the fibrous-rooted begonias are easily propagated by cuttings taken during spring and summer and rooted in pots of a peat and sand mixture in the greenhouse, conservatory or indoors without any additional heat. If a heated propagator is available, this can be done at any time of year. For the best results, cuttings are taken from shoots near the base of the plant and should be 3–6 in. (7.5–15 cm) long, cut with a sharp knife between two nodes. Remove the lower two or three leaves and insert the cutting to about half its length into a mixture of equal parts of sharp sand and moss peat in a small pot (see figure 1). Gently water the cutting in and then treat it as an ordinary plant, allowing the pot to become almost dry before watering. There is no need to enclose the pot in a polythene bag; in fact this is more likely to cause the cutting to rot. Cuttings should root in about three weeks during the summer and may then be transferred to $3\frac{1}{2}$ in. (9 cm) pots, using the standard compost (see p.12). Many begonia cuttings will root in jars of water, but the new plant tends to suffer more of a check to the root system when potted on than when potted on from a small pot of peat and sand mixture.

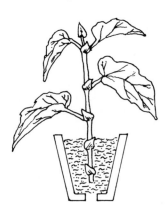

Figure 1: stem cutting of a fibrous-rooted begonia

With cane-stemmed begonias, very soft stem cuttings from the top 6 in. (15 cm) of the plant are used, or the side shoots that break from cut-back canes in spring. These root easily if treated in the same way as for fibrous-rooted begonias, in particular making sure that plenty of air circulates around them.

With tuberous begonias, surplus shoots arising from the base of the tubers in their earlier stages of growth may be taken off and used as cuttings in spring. The shoots are easily broken off with a sideways pressure of your thumb when they are about 3 in. (7.5 cm) tall. They can then be dusted with flowers of sulphur or rinsed with a fungicide and potted individually into 3 in. (7.5 cm) pots, to grow on and produce new tubers by the autumn. Ordinary stem cuttings, of the same type as for fibrous-rooted begonias, can also be taken during the summer, to root and produce new tubers by the autumn.

DIVISION

Straightforward division in spring or summer of multiple-stemmed fibrous or cane-stemmed begonias is quite feasible. Rhizomatous begonias which have formed a mat of rhizome over the surface may also be divided, although the best method for these and the Rex begonias is leaf cuttings, which develop into better-shaped plants.

Division is probably the easiest way to propagate the winter-flowering Rieger begonias. It should be done in May and June, when the longer hours of daylight and rising temperatures give the best conditions for building up a strong plant. The old plant is tipped out of its pot, revealing a number of new growths around the base of the stems, at or just below soil level. If the parent plant is a commercially produced one, the centre of the rootball will probably be enclosed by a small lattice-work plastic pot left in by the grower. This may be eased off after rubbing away the fibrous roots, allowing the new basal growths to be gently teased out from the clump, often with some roots already formed. Growths of 3–4 in. (7.5–10 cm) in length are suitable for 3 in. (7.5 cm) pots and should be potted individually in a mixture of peat and sand. Kept in a lightly shaded, airy position, they should be firmly rooted in three to four weeks. They may then be potted on into larger pots of a rich open compost, made up of leafmould, moss peat and John Innes No. 3 in equal parts, with some coarse grit or perlite to provide extra drainage. With their succulent stems and leaves, Rieger begonias do not like their feet constantly in water.

Leaf cuttings are an easy method of increasing Rex begonias

LEAF CUTTINGS

Rhizomatous and Rex begonias are increased by leaf cuttings, a single leaf producing many new plants. A mature, but not half-dead, leaf is selected and its stem cut to a length of 2–3 in. (5–7.5 cm). This is then planted in a small pot of peat and sand mixture to about half its length, so that the leaf sits like a flag in the pot (see figure 2). Keep it watered, in an airy atmosphere in the home or greenhouse, and it should root in summer after about two weeks. Two or three weeks later, plantlets will start to push up through the surface of the soil from the bottom of the stem. When they have made a couple of leaves each, the leaf with its plantlets should be tipped out of the pot and the clump of little plantlets carefully teased apart and potted individually into 2 in. (5 cm) pots to grow on. As well as being produced from the bottom of the cut stem, growths sometimes occur along the length of the leaf stem and from the surface of the leaf, particularly at the sinus – the junction of leaf and stem.

There are two other methods of taking leaf cuttings. The first is to peg an entire leaf flat on the surface of a tray of peat and sand compost and cut across the main veins (see figure 3). Young plants appear after a few weeks from the cuts and may be detached and

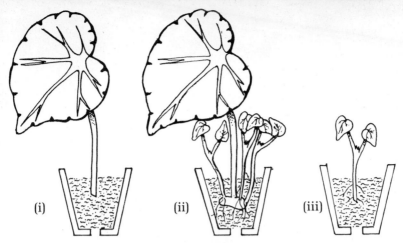

Figure 2: (i) leaf cutting of a rhizomatous begonia, (ii) young plants growing from the base; and (iii) potted separately

Figure 3: plantlets developing from cuts in a leaf

potted separately. The second is to cut the leaf into small wedges about 1 in. (2.5 cm) long. These are inserted vertically to half their depth in rows in a pot of compost, each to make its set of plantlets. Both methods produce a large number of plants, but are best carried out with a bottom heat of 65–75°F (18–24°C), as at lower temperatures the leaves tend to rot away before developing plantlets.

SEED

Seed, if obtainable, is an obvious way of producing new plants. It is the usual method for the Semperflorens and Multiflora begonias, carried out early in the year, in February. Prepare a compost of moss peat and coarse sand and fill a tray or pan about three quarters full with the mixture. Cover this with a layer of silver sand about $\frac{1}{4}$ in. (0.5 cm) deep. Firm the surface lightly and water with a fine rose, using a fungicide such as Benlate or Nimrod-T, to eliminate any fungus spores from the compost. The very fine seed is then dusted on to the surface and the tray or pan enclosed in a clear polythene bag or put into a propagator with a

Semperflorens begonias are raised from seed and flower throughout the summer

bottom heat of 70°F (21°C). Do not cover with newspaper as begonia seed needs light for germination. Seed begins to germinate within two weeks. When the seedlings have made their third leaf, they may be carefully transplanted into pans, about $\frac{1}{2}$ in. (1cm) apart, using the same peat and sand compost, and should be kept in the same conditions for the first few days, then hardened off by slowly reducing the temperature and gradually admitting more air over a couple of weeks. Once the temperature has been reduced to about 60°F (15°C), the seedlings may be grown without the protection of a propagator or bag. When they are about 2 in. (5 cm) tall, they are potted separately into 3 in. (7.5 cm) pots, using a mixture of two parts of moss peat and one part of John Innes No.2, and grown on under normal conditions in the greenhouse or home.

Rhizomatous begonias

The rhizomatous group of begonias contains probably the largest number of species and hybrids grown at the present time, even if we exclude the numerous Rex begonias. They are characterized by the formation of a thickened stem called a rhizome, which may creep and branch over the surface, or in some cases just below soil level, rooting as it grows, while in some of the larger species it becomes upright and self-supporting. The leaf stalks and flower stems arise directly from the rhizome and the general habit is to make a symmetrical mound of leaves. The size of the leaves varies from 1 in. to 1 ft (2.5–30 cm) or more across and they come in very diverse shapes and colours, many with an iridescent sheen to the upper surface.

Although the foliage is the chief attraction, these begonias have the bonus of pretty flowers. The flower stems of species with prostrate rhizomes, like B. bowerae, grow up through the leaves to bear nodding racemes of pink or white flowers in late winter and early spring, lasting for three to four weeks. Those with upright rhizomes, such as B. manicata, produce flower spikes from the upper parts of the rhizome and hold the massive sprays of flowers well above the foliage, again usually early in the year. Other species, mainly of African origin, have yellow flowers for much of the year, but are generally more tender than the well-known Mexican species and their hybrids.

The first rhizomatous begonias to be introduced were tall plants 3–4 ft (90 cm–1.2 m) high and included the easily grown B. heracleifolia and B. manicata from Mexico. The latter is still widely cultivated, for even a two-year old plant may reach 2 ft (60 cm) across and 3 ft (90 cm) high and is a most impressive sight when carrying the numerous dense panicles of bright pink flowers.

The discovery of B. bowerae in Mexico in 1948 heralded an explosion of hybrids. The species itself is a miniature low-growing plant with a prostrate branching rhizome, from which the leaves arise on 4 in. (10 cm) stems. An inch or so (2.5 cm) long, the oval, waxy, bright green leaves have black "stitching" round the edges and a fringe of strong white hairs, giving rise to the common name of eyelash begonia (see p.57). The name is applied to the many hundreds of hybrids now in cultivation which have B. bowerae blood (or should we say chlorophyll?) in their ancestry.

Generally, these begonias require subdued light and certainly

Begonia manicata, one of the first rhizomatous begonias to be introduced, in 1842

should be shielded from direct sunlight. Too bright a light results in yellowed hard-textured foliage and rather small plants and leaves, while too little light leads to weak elongated stems, which droop with the weight of the leaves, and a lack of flowers. The upright-rhizomed kinds as a rule need rather more light than the dwarf clump-forming types, but still not full sun. In the home, a north-facing window is ideal and, in the greenhouse or conservatory, a position under the front edge of the staging or in the shade of taller plants is suitable.

The rhizomes and stems are quite succulent, enabling the plants to dry out for short periods, and watering is only necessary when

the pot is dry, at which stage it should be soaked thoroughly. This careful watering is particularly important in winter if the temperature is below 50°F (10°C). Most of the Mexican types will withstand temperatures down to 40°F (5°C), if kept fairly dry, and up to 90°F (32°C), with an optimum range of 55–70°F (13–21°C). The compost is the standard one (see p.12) and repotting at intervals of about six months is recommended. Even with such frequent repotting, additional feeding with a high potash fertilizer is beneficial. It should start a month after repotting and should be repeated at every third watering.

The rhizomatous begonias are of very easy culture and make excellent houseplants. Also rhizomatous, but demanding a little more careful treatment, are the Rex begonias, which are valued for their spectacular leaves in an enormous range of sizes and colours. The original B. rex was discovered in Assam, India, in about 1856, growing under very shady, humid conditions. It has a rather short, thick rhizome, bearing large, dark green leaves zoned with silver. In nature it tends to be deciduous, indicating the need for a winter rest period for most of the Rex begonias. The species caused a sensation when first introduced into Belgium and within a few years there were a large number of hybrids on the market. Some of these early hybrids are still much sought after, particularly the beautiful, red-velvet, plush 'Fireflush' (see p. 26) and the silvery upright-growing 'Abel Carrière'.

Since the turn of the century, myriads of cultivars have been produced and many other species have been used in breeding, to give a range of leaf colour and form that is unsurpassed in any other group of plants. Most of these modern hybrids are unnamed or, if names arc used, they are rarely reliable. Rex begonias are at their best in summer, appreciating greater warmth than many of the other rhizomatous kinds, and they should have plenty of shade and regular watering and feeding at this time. Too much light is apt to turn the foliage a dull beetroot-red, while good shade brings out the almost metallic sheen that is a feature of many of them. They require the same compost as other rhizomatous begonias, with the addition of some well-rotted leafmould, which increases the amount of food available to the plants. They are gross feeders and, when growth is most active, can be given a high potash fertilizer at every other watering. Repotting at intervals of six months, in spring and early autumn, helps to encourage the formation of new roots and therefore good strong growth. Ideally, a minimum temperature of 60°F (15°C) should be maintained in winter and the plants should be kept slightly drier during the period of reduced activity in the middle of winter.

Rex begonias will thrive in the home and make very nice

Many Rex begonias are characterized by large, lop-sided, heart-shaped leaves with remarkable colouring: 'Merry Christmas' (above left); a silver-leaved hybrid (above right); and 'Fireflush' (below)

specimen plants if given the right position. This is where they will receive a moderate amount of light, say in a north-facing aspect, away from cold draughts and radiated heat from a fire or radiator, in a moderately warm room. Water them only when the compost has become fairly dry. (See also pp.2 and 20.)

The Iron Cross begonia, B. masoniana, needs the same sort of cultivation. It is a species in its own right, not a Rex as is often supposed, and is so distinct in leaf colour and texture that it is well worth growing.

A SELECTION OF PLANTS (excluding Rex begonias)

B. aridicaulis. Miniature Mexican species, only 4 in. (10 cm) high. Shining, sharply tapered leaves with a lighter centre. White flowers held above the leaves in June and July.

'Aruba'. About 9 in. (23 cm) high. Lobed leaves are yellow-green with black stitching round the margins. Panicles of white flowers held above the leaves in spring.

'Barbados'. Dark and light brown, variegated, velvety leaves make a mound 6 in. (15 cm) or so high. Pink flowers in spring.

'Beatrice Haddrell'. A star-leaved hybrid which originated in 1955. The very dark leaves have brilliant green centres, this colour extending partly along the veins. Bright pink flowers in spring.

'Black Velvet'. A medium-sized plant with deeply cut 3 in. (7.5 cm) leaves of very dark, plush, brown-black and some lighter brown areas in the centre. Dark pink flowers rise on tall stems from the rhizome in spring.

B. bowerae. See p.23.

'Bunchii'. Originated with a Mr Bunch in the USA. The bright green leaves have very frilled edges and the leaves completely obscure the rhizome. Panicles of pink flowers are held above the foliage. (See p.28.)

B. caroliniaefolia. Mexican species having a thick erect rhizome up to 2 ft (60 cm) tall. Large, palmately divided leaves. Leaf stems and the undersides of the leaves are covered with a brown felt. Heads of many pink flowers on tall stems in spring.

'Cathedral'. Crisped leaf edges, the undersides having curious raised areas almost like windows. Pink flowers.

'Chantilly Lace'. A dwarf hybrid of B. bowerae. Bright, pale green leaves with a light stitching of black round the edges. A good compact grower. Very pale pink flowers. (See p.61.)

'Chumash'. Another hybrid of B. bowerae, growing larger than that species, with dark lobed leaves, mottled lighter brown in the centre. A nice neat plant. Pink flowers in spring. (See p.59.)

'Cleopatra'. An old favourite among the dwarf rhizomatous begonias. Star-shaped leaves of yellow and plush brown. Profuse pink flowers. (See p.57.)

'Emerald Isle'. Some 9 in. (23 cm) tall, with bright green, round, very thick, fleshy leaves. White flowers.

'Enchantment'. A larger-growing plant, with leaves up to 6 in. (15 cm) across, edges cleft, bright green with black-brown markings. Light pink blossoms.

'Fuscomaculata'. Very large leaves from a strong rhizome. Plant is somewhat bristly. Leaves light brown-green, spattered with dark brown markings. Greenish white flowers with red spots.

B. heracleifolia. A short thick rhizome. Leaves up to 1 ft (30 cm) across, deeply notched, rich green, black-bronze towards the edges. Upper surface of the leaves

27

'Bunchii' has remarkably crisped foliage

and the stems are set with white hairs. Heavy clusters of pink flowers February to April. From Mexico.

'Jamaica'. One of a series of dwarf rhizomatous begonias. Attains a height of 6 in. (15 cm), with small green leaves covered by a network of dark brown.

'Little Darling'. Forms a dwarf mound, 6 in. (15 cm) tall, of almost black leaves with bright green blotches between the veins. A good complementary plant to 'Tiger Paws'. Pink-white flowers.

B. manicata. Strong upright-rhizomed species from Mexico. Large, fleshy green leaves, with a collar of red bristles on the stem just below the leaf. Tall stems with panicles of pink flowers in spring. There are also crested leaf and variegated forms. (See p. 24.)

B. masoniana. Strong plant from Malaya. Leaves large, rounded, puckered, eau-de-nil green, with a contrasting central marking of black-brown. Greenish white flowers with dark red bristles on the back. (See p.8.)

B. mazae. A dwarf Mexican species with a trailing, red and white rhizome. Satiny leaves are shaded green and bronze, with paler veins in the centre. Pink flowers in spring.

'Norah Bedson'. Pale brown-green, fairly rounded leaves covered with a network of dark brown. To 9 in. (23 cm) tall. Pink flowers in late winter to early spring.

B. pustulata. Mexican species with a rambling tendency. Leaves are dark emerald-green with silver veins. The subspecies *argentea* has plush, dark green leaves, puckered, richly variegated with silver.

'Queen of Olympus'. Growing to 6 in. (15 cm) high. The 2 in. (5 cm) leaves are a metallic silver, bordered with olive-green.

'Raquel Wood'. Hybrid of *B. manicata*. Upright rhizome bearing mid-green lobed leaves marked with black-brown round the edges. Dark rose-pink flowers in spring held well above the foliage.

'Royal Lustre'. A miniature plant, the leaves being variegated with olive-green, emerald-green and metallic-looking gun-metal.

'Sweet Magic'. Very large, spiralled leaves in shades of mahogany and green. White flowers tinged with pink.

'Tiger Paws'. A very popular dwarf hybrid forming a mound of small leaves chequered in yellow and light brown. Masses of white flowers held over the foliage in spring. (See pp. 59.)

A wide range of leaf shapes and colours, often with a metallic sheen, is to be found among the rhizomatous begonias: 'Norah Bedson' (above left); *B. pustulata argentea* (above right); and 'Queen of Olympus' (below)

Cane-stemmed begonias

The cane-stemmed begonias are probably best known from two very old hybrids, 'President Carnot' and 'Lucerna', which date from the 1890s and are still frequently seen as houseplants and in greenhouses. They are similar in habit, forming tall, stout, upright stems, often reaching 5–6 ft high (1.5–1.8 m) and rarely branching, with large leaves in the shape of angel's wings, green spotted with silver on the upper surface and deep red on the underside. Large drooping umbels of flowers are produced from the leaf axils throughout the year, pink in 'Lucerna' and a much darker colour in 'President Carnot'. The male flowers soon drop, but the female flowers with their coloured seed pods persist on the plant for some time.

Unlike most other begonias, the cane-stemmed types should have as much light as possible, short of scorching the foliage, in order to maintain the colour of the leaves and keep the distance between nodes on the stems as short as possible. Even so, they do grow very tall, but are stiff enough not to require staking. At some time, though, they will need to be cut back. If they are just beheaded or stopped, by pinching off the top of the stem or cane, the new growths generally form from a couple of joints immediately below the top, making the plant no shorter. The canes should therefore be cut down to within two or three nodes above the soil surface and will then break from these low nodes to form better-shaped plants. This is best carried out in spring. Any further pruning to induce more branches should again be done after only a few joints have been made.

An established plant will produce from below soil level very strong, suckering shoots, which grow at an amazing rate, hence the name cane begonia. Because of this rapid growth, a large pot is required, preferably of clay to give the extra weight for stability, and a rich compost consisting of equal parts by volume of John Innes No. 3 potting compost and sphagnum moss peat. After having been potted for six weeks or so, additional regular feeding with a high potash fertilizer is appreciated. Repotting should be undertaken each year in spring and again in early autumn.

A common occurrence with the cane-stemmed begonias is the loss of the lower leaves, resulting in tall bare stems with a few

Opposite: the popular 'Lucerna' flowers mainly in late spring and summer

leaves and flowers at the top. This is usually caused by over-watering. The pots should be allowed to get fairly dry before watering, since a sodden compost will destroy the fine hair roots on which the plant depends. Similarly, if a plant has been in the same pot for a long time, the soil may have become so compacted that air is excluded from the roots and it can be difficult for water to penetrate the centre of the root ball. The condition is often indicated by browning of the leaf tips and curling of the leaves before they fall. The best remedy is to take the begonia out of its container, remove as much of the old soil as possible from the root ball and repot into fresh compost. A begonia which is starved in this way is especially vulnerable to attack by powdery mildew, but repotting should stop the fungus spreading further.

So far we have discussed the taller-growing cane begonias, derived from the Brazilian species *B. coccinea* and *B. maculata*, which are very good houseplants if there is enough room. Other species and hybrids are more modest in growth and more easily accommodated indoors. Many of these are being grown now, sadly often un-named. They have the same basic habit of growth as 'Lucerna', but attain a height of only 2–4 ft (60 cm–1.2 m). The flower colours vary from white through pink to scarlet and sometimes orange and all have angel wing leaves, some plain green, others silver-spotted. A particularly good one is 'Lucerna Amazon', a much-branched shrub up to about 3 ft (90 cm) tall. It has the typical silver-spotted leaves, 3 in. (7.5 cm) or so long, and constantly bears bright, pink-red, drooping heads of flowers from almost every leaf axil. About half this height is 'Medora', another freely branching shrub. The small pointed leaves with jagged edges are dark green with silver spots and clusters of small pink-white flowers hang from the leaf axils throughout the summer.

A number of cane-stemmed begonias have pendulous stems, rather than the normal stiff upright growth, and make excellent plants for hanging baskets. 'Orange Rubra' is a good example, with light green crinkle-edged leaves, silver-spotted, and bunches of orange and white flowers. They need the same culture as the upright growers.

Finally, there are the Superba begonias, originally developed in California in 1926 from *B. aconitifolia* and 'Lucerna'. They are medium-growing plants with lobed wavy leaves, generally dark green with silver splashing and streaking on the upper surface. The new foliage emerges light pink. They are very floriferous, with showy bunches of white or pink flowers. The older kinds tend to become dormant during the winter months, a habit attributed to *B. aconitifolia*, but more recent cultivars from the USA hold their leaves much better and have a wider range of leaf

Above left: *Begonia coccinea* may grow up to 10ft (3m) tall and flowers throughout the year
Right: the silver spots on the foliage of 'Orange Rubra' often disappear with age
Below: 'Lucerna Amazon', a smaller-growing cane begonia which is an excellent houseplant

The Superba hybrids are distinguished from other cane begonias by the serrated leaves

colours. Like most cane begonias, they like a winter temperature of 50°F (10°C) and are best repotted in spring and autumn.

A SELECTION OF PLANTS

B. albo-picta.   A free-branching species from Brazil, with elliptic leaves 2 by 1 in. (5 x 2.5 cm), green, covered with silver-white spots. Greenish-white flowers hang from the leaf axils. Small-growing, to 2 ft (60 cm). There is a pink-flowered form. (See p.60.)
B. coccinea.   Very tall, stout canes with sharply pointed 6 by 2 in. (15 x 5 cm) leaves. Flowers are deep pink in large clusters from the leaf axils. The angel wing leaves are plain green. From Brazil. (See p.33.)
'Lucerna'. See p.30.
'Lucerna Amazon'. See p.32.
'Medora'. See p.32.
'Orange Rubra'. See p.32.
'President Carnot'. See p.30.
Superba. See p.32.

Tuberous begonias

Following the introduction to Britain in the 1860s of half a dozen species of tuberous begonia from South America, the ancestors of our modern range of hybrids were developed. The first of these, in 1869, was 'Sedenii', named after its raiser, John Seden, of the Chelsea nurserymen Veitch and Sons. Others followed in quick succession from many growers, both in Britain and on the Continent. In 1901 the firm of Blackmore and Langdon was founded near Bristol and soon became renowned for its collection of tuberous begonias.

These are the strong upright-growing begonias seen so often on show benches throughout the country and tended with such loving care to bloom in the late summer. There is now a vast range of hybrids, with the large single and double forms predominating (see pp. 6, 13, 37, 64). The singles are brilliantly coloured in red, pink, white, yellow or orange, some with the edges of the petals ruffled and crinkled. In addition, the Marginata types have frilled margins of a different colour from the base colour of the flower, while the Cristata types have even more crisped or fringed petals. The giant-flowered doubles are usually divided into two groups – camellia-flowered, with large open flowers, and rosebud, with a tight centre resembling, as the name suggests, a rosebud. The same wide variety of colours is available as in the singles, and some have ruffled edges to the petals. It is best to choose plants by referring to the catalogues of specialist growers.

Developed along with these were the tuberous Pendula hybrids, which have long pendulous stems and make extremely showy plants for hanging baskets. The display of flowers lasts all through the summer and they come in the same range of colours and variation of form as the upright-growing plants (see pp. 16 and 39). A distinct drooping kind is B. 'Bertinii', which is very close to B. boliviensis, one of the original species, and carries quantities of single red flowers.

The Multiflora tuberous hybrids are now becoming popular as outdoor bedding plants for summer, particularly the Nonstop and Clip varieties (see p.39). They are readily grown from seed to flower in the first season and they form tubers in the open ground which may be stored over the winter for use in subsequent years. They also make excellent houseplants during the summer.

All tuberous begonias may be grown from seed (see pp. 21–2), except the named forms, which are propagated from stem cuttings and usually purchased as tubers from a specialist nursery. When buying tubers, choose only those that are firm, not shrivelled, and free from any soft patches. For early flowers, the dormant tubers should be started into growth in February, at a temperature of 60–65°F (15–18°C) in trays of compost. A suitable compost is made up of equal volumes of John Innes No. 2 and moss peat. Tubers should be set in the trays a few inches apart, making sure that the top of the tuber is covered with compost, since roots are produced all over the top surface of the tuber. The top is the concave side and particular care must be taken that they are not planted upside down. They are then gently watered in, preferably using a liquid fungicide in the water, and covered with a sheet of newspaper. Should heat not be available, the same procedure may be followed to start them in a cold greenhouse at the end of April, although of course the first flowers will be a little later.

In a few days, new shoots will begin to emerge on some of the tubers. Sprouting is often very erratic, young tubers seeming to give quicker results. Flower colour also appears to have an influence and darker colours start into growth slightly sooner than the pale colours and white. Once the new pink shoots are visible, remove the paper covering, but keep the tray of tubers well shaded. In another week or two, roots will have developed and leaves will be forming. The tubers can then be potted individually into 4 in. (10 cm) pots of the same compost, potting them fairly loosely in these first pots. Handle them carefully, since the new growths and roots are very brittle and easily broken. Keep these pots well shaded and widely spaced, to allow free circulation of air around the plants. Water very carefully to avoid the possibility of the stems rotting at soil level. It is a good idea to add a liquid fungicide to the water.

At this stage, it is necessary to decide whether the plant is to be grown for a few large flowers or many smaller ones. Often, when the tubers have started into growth, more than one sprout appears from the top of the tuber and, if several stems are allowed to grow on, quite a number of flowers will be produced. For the maximum size of flower, therefore, some of the shoots should be removed when they are about 3 in. (7.5 cm) tall, to leave just one strong growth. These surplus shoots can be used as cuttings (see p.19).

When the plants have reached a height of 8–9 in. (20–23 cm), it is time to pot them on into 6–7 in. (15–18 cm) pots, using a mixture of two parts by volume of John Innes No. 3 and one part of moss peat, plus some extra coarse grit for good drainage. (Many growers have their own special compost for their begonias and experiment to find the best mixture.) The pots should now be

'Zoe Colledge', one of the spectacular forms of the giant-flowered, double, tuberous begonias

placed on the greenhouse staging, with plenty of space between them to ensure adequate circulation of fresh air around the plants, and as much air as possible should be admitted to the greenhouse. They should be kept in good light, but shaded from the direct rays of the sun. Water them only when they are completely dry and then soak the compost thoroughly. After two or three weeks, begin weekly additional feeding with a high potash fertilizer. High nitrogen fertilizers are not advisable, since they induce excessive new growth which tends to be rather soft and liable to attack by botrytis or powdery mildew.

As the plants grow, the stems and large flowers need to be staked. They should be carefully tied in to split canes, using a

Above: the Pendula hybrids give a profusion of bloom in summer and autumn
Opposite: tuberous hybrid begonias are delightful bedding plants for the garden

fairly wide material like raffia to avoid the tie cutting into the stem. To obtain the largest flowers, buds should be removed so that only the biggest ones are left; these should be about the size of a 10p coin six weeks before the date desired for the bloom to be open. If a larger number of smaller flowers is wanted, then the only disbudding required is to remove the two side buds from each set of three. The flower stems usually produce buds in sets of three, the centre one being the male flower and the two side ones being merely secondary.

When flowering is over, watering should be reduced to almost nothing and the old leaves and debris removed as they fall, until the main stems finally fall off the tubers. When dry, the tubers should be taken out of the pots and most of the old compost cleaned away. They are dusted with flowers of sulphur and stored in a box of dry peat at a temperature of about 40°F (5°C) until the next season. One or two plants could be grown in the house, but since they take up a lot of room, a greenhouse is really necessary to grow any number.

Multiflora, Pendula and Bertinii begonias need similar treatment when grown as pot plants, but staking and disbudding are not required.

As bedding plants for the garden, Multifloras may be either raised from seed, or started as tubers in the same way as the large-flowered begonias. They are potted into 3½ in. (9 cm) pots and kept under glass until the danger of frost is past, when they may be planted out. They can remain outside until the autumn and are then lifted and put into trays for the foliage to die down. The small tubers are stored through the winter in the same way as the others.

Among the tuberous-rooted species are some extremely good plants. One such is B. sutherlandii, a low-growing plant from Natal, South Africa, where it blooms from December to February. As a cultivated plant in Britain, it will start to make growth from the tuber at about the end of March. It forms a bush with red arching stems, bearing small, light green, serrated leaves with a metallic sheen, and produces myriads of small orange flowers constantly from early summer until the end of October. As the plant begins to die down, tiny miniature tubers, called bulbils, are formed in many of the leaf axils. These may be collected and stored like the tubers to plant the next season, when they will make flowering plants. Although B. sutherlandii is found in damp shady sites in its native habitat, it seems to like a fairly light position when grown in pots and will accept quite dry air. A popular houseplant, it is, however, very susceptible to powdery mildew and regular treatment with a fungicide is a wise precaution.

Another begonia that produces bulbils in the leaf axils is B. grandis subspecies evansiana. This originates from China and Japan and is completely hardy in the south of England. Tubers may be planted permanently in the garden and soon make a nice clump if the bulbils are lightly raked in after falling in the autumn. New growth appears in late spring to form a branching, 2 ft (60 cm) high plant, with green leaves overcast with a metallic sheen, red on the undersides, some 4 in. (10 cm) across. In a sunny situation the plant is somewhat shorter and the leaves are golden green with a metallic lustre, although it succeeds equally in shade and in almost any soil. In August, the bright pink flowers are produced on stems clear of the leaves, usually in pairs, and last until the plant begins to die down in October (see p.63). A white-flowered form is also in cultivation.

Begonia sutherlandii, widely grown as a summer-flowering windowsill plant, may be placed outdoors in a shady spot when in flower

Another bulbil-producing begonia is *B. gracilis* variety *martiana*. It is a Mexican plant, not as hardy as *B. grandis evansiana*, but still easy to grow. Known as the hollyhock begonia, it grows a single upright stem to a height of about 2 ft (60 cm) and bears pink flowers in pairs close to the stem, like a small hollyhock. The leaves gradually change shape as they go up the stem, being rounded near the base and becoming long and pointed at the top. Winter is the dormant period for this plant, so treatment is much the same as for *B. sutherlandii*.

Very few of the other tuberous species are seen today, although the scarlet-flowered *B. boliviensis* is sometimes grown. It forms slender stems which are upright at first, then tend to droop over as they attain their height of 2–3 ft (6–90 cm). The leaves are long, serrated and very pointed, contrasting well with the drooping panicles of flowers. Another species, *B. froebelii*, carries its scarlet flowers in mid-winter on long stems, above velvety green heart-shaped leaves. Finally, *B. cinnabarina* makes a small bush of zig-zag stems bearing lobed, serrated, light green, hairy leaves and produces cinnabar-red flowers in summer. There are a number of other very desirable tuberous species, but they appear to be quite difficult to obtain.

41

Fibrous-rooted begonias

The fibrous-rooted begonias are usually bushy and freely branching, producing multiple growths from the base, and make pleasant symmetrical plants. Their leaves are very diverse in size and texture, as is the height of the plants. Two of the best known species are *B. metallica* and *B. haageana*, both with hairy leaves and both originating from Brazil. A well-branched shrub up to 5 ft (1.5 m) tall, *B. metallica* has serrated leaves 6 by 3 in. (15 x 7.5 cm), which are green and hairy, with a metallic bronze lustre. The flowers form in large clusters from the leaf axils and are blush-white, thickly set with red hairs on the back of the petals. It is free-flowering throughout most of the year and easy to grow. Similar in size and manner of growth, *B. haageana* has broader red-brown leaves and the whole plant is covered with fine hairs. The flowers are rose-pink, borne all the year round (see p.60).

These begonias, like the vast majority of fibrous-rooted kinds, need good light, but not direct sunlight through glass. Too much light results in yellowish bleached leaves, while too little gives long drawn stems and an almost total lack of flowers. They require a temperature between 45° and 80°F (7–26°C), with around 55°F (13°C) as the optimum. Humidity need not be high, in fact fairly dry air is conducive to firm growth and good flower production. It also gives less chance for any moulds to appear, although this group of begonias is unlikely to develop powdery mildew. Water should be given only when the compost is dry, but it will be found that many plants require frequent watering, since the large amount of foliage on a plant in, say, a 5 in. (13 cm) pot will transpire a considerable amount of water. A high potash fertilizer should be given at every third watering when the plant is in active growth.

As opposed to the hairy-leaved plants, there are others with bare leaves, some of which are tough enough to be used outside in the summer, either as patio plants in pots or tubs or planted out in the border. In the open the leaves often take on a red or red-tinged colour and the flowers become much darker than similar plants grown under glass. It is, of course, necessary to take them under cover before the first frost. Plants that can be treated in this way include *B. incarnata*, *B. acutifolia* and *B.* 'Ingramii'. The showy *B. incarnata* from Mexico attains a height of 2½ ft (75 cm) or more and has smooth, shiny green leaves, sometimes just tinged red round the edges. Lots of bright pink 1 in. (2.5 cm) diameter

Begonia metallica, an old favourite as a houseplant, does well in a north-facing window

flowers with red backs are produced from the leaf axils. A generally smaller green-leaved plant, *B. acutifolia* was introduced from Jamaica in 1790. Pink buds open to produce white flowers almost the whole year. 'Ingramii', an early hybrid of *B. nitida* and *B. fuchsioides*, is rather like a small-leaved version of *B. incarnata*, with dark pink flowers freely borne in winter.

For growing in the cool greenhouse or indoors, there are many more fibrous-rooted begonias. From Colombia, we have *B. foliosa*, which is almost fern-like in its appearance. The long, slender, arching stems, freely branching and with many basal shoots, are clothed in tiny, toothed, oval, glossy green leaves and small white flowers hang in pairs below the stems in summer. It is a delightful hanging basket plant in a lightly shaded position in a warm room, greenhouse or conservatory. If a temperature of 55°F (13°C) can be maintained in the winter, *B. serratipetala* also makes a very impressive plant for a hanging basket. It comes from New Guinea and the dark stems carry deeply serrated leaves, 2 in. (5 cm) long, red-brown with bright pink spots, and many pink and white flowers.

There are some species like *B. chlorosticta* and *B. exotica* that are bushy in habit with beautifully coloured foliage. Most of these,

'ough, originate from the tropics and need high temperatures and humidity. They are best grown in a terrarium.

Included in the fibrous-rooted begonias are the popular Semperflorens or wax begonias. The original species, *B. semperflorens*, was introduced in 1821 from Brazil and was hybridized and selected to give an enormous range of flower colour, from white through to deep red and bicolors. Modern development of the F_1 hybrids has given plants that are easily grown from seed (see pp. 21–2) and very free-flowering in a wide variety of conditions. Grown as garden plants, they produce a remarkable display of bloom all summer and are particularly trouble-free. It is a good idea to prepare the bed or border for them by forking in some organic material like peat or garden compost, to make the soil more moisture-retentive. Space the plants about 1 ft (30 cm) apart, firm lightly and water in. Water them freely in dry weather and feed occasionally with a high potash fertilizer. They are equally happy in sun or shade.

Semperflorens begonias also make admirable houseplants. In the house they like light airy positions, not in direct sunlight. Allow them to dry out between waterings and feed with a high potash fertilizer at every third watering. Seedlings potted into 3 in. (7.5 cm) pots start to flower as soon as a few leaves have been made and, if potted on into 5 in. (13 cm) pots as they grow, will make plants 1 ft (30 cm) across and as much high, completely covered with flowers and blooming continuously. Particularly good forms may be overwintered safely at a minimum winter temperature of 50°F (10°C), provided care is taken to keep them fairly dry and to remove any debris of old leaves and flowers from within the plant stems. In spring, stem cuttings (see p. 18) may be taken from such overwintered plants.

Also available are named double-flowered forms, which must be propagated by cuttings and are usually grown as pot plants. 'Gustav Lund' was the first really good double form, appearing in 1936, and has flowers like balls of pink crepe paper. It was followed by other varieties with white or red flowers. These doubles are most attractive plants and yet do not seem to have become very popular in this country.

A species closely allied to *B. semperflorens* is *B. cucullata*, also from Brazil and cultivated in exactly the same way. It is up to $2\frac{1}{2}$ ft (75 cm) tall, with bronze-green rounded leaves and a continual succession of pink flowers on 2 in. (5 cm) stems from the leaf axils.

Opposite: Organdy F_1 hybrids, just a sample of the enormous variety of Semperflorens begonias available today

Above: *Begonia fuchsioides* bears fuchsia-like flowers in winter
Below: sometimes called the shrimp begonia, *B. glaucophylla* looks
best in a hanging basket

Above: the unusual *Begonia luxurians*, from Brazil, needs similar conditions to *B. metallica*
Below: *Begonia solanthera* is one of the few members of the genus to have scented flowers

A SELECTION OF PLANTS

B. acutifolia. See p.43.

B. angularis. Much-branched shrub with angled stems, 3 ft (90 cm) tall, with broad green leaves, widely veined silver, red on the underside. Many small white flowers in each cluster. From Brazil. (See p.61.)

B. compta. A tall-growing Brazilian species, having long, tapered, grey-green leaves with silver stripes lining the veins. Small white flowers in tight clusters.

B. cubensis. Shrubby, to 2 ft (60 cm). Dark bronze leaves with crinkled edges. White flowers are borne continuously. Needs a good light. From Cuba.

B. cucullata. See p.44.

'Druryi'. Tall, shrubby, with dark brown-green, slightly hairy leaves, maroon-red beneath. Large bunches of white flowers on long drooping stems in late summer and autumn. (See p.59.)

B. foliosa. See p.43.

B. fuchsioides. From Mexico. Stems erect, slender, 2–3 ft (60–90 cm) tall. Leaves many, smooth, tinged with red when young. Flowers pink or red, drooping. Cool airy conditions are best. (See p.46.)

B. glaucophylla. Stems very long, trailing or climbing, with glaucous green, 3 in. (7.5 cm) leaves. Flowers brick-red, borne freely all winter. Originating from Brazil, likes warmth and some sun. An excellent basket plant. (See p.46.)

B. haageana (B. scharffi). See p.42.

B. incarnata. See pp. 42–3.

'Ingramii'. See p.43.

B. listida. Upright, branching. Leaves narrow, double-pointed, with a bright yellow-green stripe down the centre. White blooms, with red hairs on the back. From Brazil. (See p.55.)

B. luxurians. Tall, upright, branching. Leaves large, very divided like palm leaves, green on top, hairy, with a small ruffle of leaves at the centre of each leaf. Flowers small, creamy, in long-stalked clusters. (See p.47.)

B. metallica. See p.42.

R. olsoniae. Compact shrubby plant from Brazil. Leaves are up to 6 in. (15 cm) across, bronze-green with yellow veins and red hairs. Grows to 2 ft (60 cm) tall. Flowers large, white.

B. polyantha. An elegant shrub of stiff, thin, green stems, red at the nodes, carrying satiny, russet-green, pointed leaves. Many upright heads of little white flowers. From Sumatra.

B. sanguinea. Shrubby, stems becoming woody with age. Smooth, shining, fleshy leaves, light brown-green above, blood-red beneath. Small white flowers in winter. From Brazil.

B. serratipetala. See p.43.

B. solanthera. A trailing plant with 2 in. (5 cm) heart-shaped pea-green leaves. Dense bunches of white flowers are produced in good light during winter and spring, which are fragrant in the morning and evening. From Brazil. (See p.47.)

Winter-flowering begonias

In 1892 the hybrid 'Gloire de Lorraine' made its debut in France. It is a cross between *B. socotrana*, a warmth-loving bulbous species, and *B. dregei*, a semi-tuberous species from Natal. It forms a dense bush about 1 ft (30 cm) high of rounded, bright green leaves and carries broad panicles of numerous, small, white or pink flowers, held well above the leaves, from November until March. Up to the Second World War, the Lorraine begonias were used extensively for winter decoration of greenhouses and conservatories and as temporary indoor plants, but are rarely seen now. Not only do they require a winter minimum temperature of about 60°F (15°C) to succeed, but they are very susceptible to moulds like botrytis, as the cup-like leaves tend to hold water.

A parallel development to the 'Lorraine' begonias was the Optima or Hiemalis group. From the crossing of *B. socotrana* with a red-flowered tuberous hybrid in 1883 in London evolved a wide range of winter-flowering begonias. They have larger flowers and in a greater variety of colours than the Lorraine types, but are more untidy and straggly. Work on the Optima begonias, which began in 1955 in West Germany, has resulted in the Rieger begonias, with their many different flower colours, both single and double, and a vastly improved growth habit and resistance to mildew. These have virtually replaced the older winter-flowering begonias to become some of the most important products of the houseplant trade.

Rieger begonias are compact and bushy, branching freely from the base, with somewhat fleshy green or red-tinged leaves. The basal stems are often slightly swollen at or just below soil level, showing their tuberous ancestry. The plants are almost perpetual-blooming, with long racemes of flowers, up to 2 in. (5 cm) across, from the leaf axils, in white, yellow, peach, pink or red, reaching a peak of production during the winter months.

They will tolerate temperatures down to 50°F (10°C) and up to 90°F (32°C), the ideal being about 65°F (18°C), which gives plenty of flowers. At higher temperatures, with a long daylength, plants will make good leaf growth but produce few flowers. A moderate light, such as is obtained in a north window, is quite satisfactory. Watering is needed only when the pot has dried out and a high potash fertilizer should be given at every other watering to ensure continuation of flowers. Probably the most important factor in the treatment of these begonias is fresh air. Too close an environment

Rieger begonias have become some of our most popular winter-flowering houseplants

leads to static air around the plant and mildew spores can easily take hold. Should a plant become infected, it must be moved to a more airy situation and treated with a fungicide.

When Rieger begonias require repotting, after about six months, a compost of equal parts John Innes No. 3, moss peat and leafmould, with coarse grit or perlite, should be used. It is advisable to position the plant in such a way that the top of the old root ball is level with or just above the surface of the fresh compost, which will prevent water settling around the base of the stems. This precaution is necessary only with these begonias: in fact most of the other groups, particularly rhizomatous begonias, like to be repotted a little deeper in the compost each time. When the stem becomes too congested or the plant gets too straggly, it is best to start a new plant by division (see p.19).

Rieger begonias are sold as pot plants and generally bought on sight at a garden centre, florist or chain store. There are some named varieties, but these are not often seen.

Miscellaneous begonias

There are several begonias which do not fall into any of the sections already dealt with and some of these are widely grown. Among them is a small group of semi-tuberous species, mainly from South Africa, typified by B. *partita* from Natal. This makes a bushy little plant about 1 ft (30 cm) high, with much-branched stems growing from a thickened, irregularly shaped base, which carry small many-lobed leaves, dark bronze-green with red stems and veins. During summer, a profusion of white flowers covers the plant and, at this time particularly, it needs a lot of light, with some sunlight in the early morning and late evening being very beneficial. As winter approaches, the plant begins to shed its leaves and smaller branches and it will then be seen that the lower part of the main stem is considerably swollen, especially near the bottom. Watering should be gradually reduced and, when quite dry, the thickened stem will be in a dormant state if the temperature is 40–50°F (4–10°C) and should be kept dry in its pot until the spring. If, however, the winter temperature is held at 60°F (15°C) or more, dormancy is not complete and the plant may well continue to grow as if it had reverted to a fibrous habit. It is probably best to give it a cool rest. After the dormant period, this begonia needs to be repotted in March, removing as much as possible of the compost. Replant into as small a pot as seems reasonable for the size of the plant, using a mixture of John Innes No. 2 potting compost and moss peat. Water moderately until the plant is making active growth and even at that stage allow the pot to dry between waterings. Feed with a high potash fertilizer at alternate waterings during the height of summer when the plant is growing freely.

Other species with a similar growth habit and requiring the same treatment include B. *dregei*, again from South Africa. This has small, deeply cut leaves, green with a red spot at the junction of each leaf with its stem, and bears white flowers in late summer. A rather taller plant, B. *richardsiana*, has bright green, very deeply incised leaves, also with a red spot at the base, and white flowers in the summer. A hybrid of B. *sutherlandii* and B. *dregei*, 'Weltoniensis' is an upright grower with light green, notched, lobed leaves on red stems. The flowers are light pink, very freely produced during the summer. It tends to shed its leaves for the winter but retain a lot of the stems, even while kept dry. In spring these

Begonia williamsii, an interesting trunk-forming species which is not often seen

old stems must be cut back to near the swollen base before new growth will start.

Then we have plants which form upright persistent trunk-stems, generally 1 ft (30 cm) or so high. An example is *B. williamsii* from Mexico, which has an erect, slowly tapering stem bearing large light green leaves, splashed with silver and veined in red, very toothed and lobed. It drops all the leaves in autumn and spends the months from December to February as bare stems, during which time it should be kept dry. In March, bunches of pale pink flowers are produced from the upper parts of the bare stems before any leaves have formed. After flowering, new leaves are very quickly formed. Repotting is best carried out directly after flowering, before any new leaves have appeared. This type of begonia should be grown in good light with plenty of ventilation. The most reliable method of propagation is to detach the new growths that appear at the base of the main trunk at or near soil level and pot them separately.

Also included in this group is *B. ludwigii* from Ecuador. It carries green, soft-hairy, sharply lobed leaves from the top of its trunk, with the tip of each lobe splashed with silver and a collar of spine-like hairs at the join of the leaf stalk. If grown under ordinary greenhouse conditions at 50°F (10°C), it becomes leaf-less in winter and should be kept dry during this period of dormancy. However, if grown with extra lighting indoors, with a 12-hour or more daylength, it remains evergreen and needs watering at all seasons.

Of Brazilian origin is *B. olbia*, attaining a height of 3 ft (90 cm). The large, satiny, green-bronze leaves have darker sunken veins and the young leaves are frequently spotted with silver, which disappears as they mature. The undersides are bright red. Cream flowers are produced on very short stems directly from the main stems and are hidden by the foliage. A fairly shady position gives the best colour in the leaves. A rather higher temperature in winter is needed for this species and 50°F (10°C) is about as cool as it can go without damage.

A further set of plants is represented by the South American species *B. vitifolia*. This tree-like begonia grows 8–10 ft (2.5–3 m) high, very rarely branching, and forms stems up to 2 in. (5 cm) in diameter, with green, somewhat angled leaves $1\frac{1}{2}$ ft (45 cm) across, rough and slightly hairy. Large clusters of white flowers are borne on long stems from the upper leaf axils in late summer. There are several similar species, differing in the shape and texture of the leaves. Culture in pots is easy enough in the standard compost (see p. 12), but the accommodation of such a tall plant may present some problems.

The shrubby fibrous-rooted group contains one or two species that are found in very arid conditions in nature. They need extremely careful treatment in cultivation, with the maximum amount of light and as little water as possible, even in summer. One of these is the succulent *B. kellermannii* from the Guatamalan mountains, with felted, cupped, grey-green leaves and pink flowers. The Mexican *B. incana* is thick-stemmed and very succulent. Leaves, stems and the greenish-white flowers are all covered with whitish wool, which is easily rubbed off. Tall and stout, usually single-stemmed, *B. venosa* has large, thick, very succulent leaves covered with a thick plush of silver hairs. Bunches of small white flowers are borne on red stems at almost any time of the year. For best results it should be given full sunlight. These plants require a much more open compost than normal, with a considerable proportion of coarse grit incorporated to reduce water retention, and they appreciate a little lime in the soil, a material which most begonias do not like.

A species recently introduced from Brazil by the American Begonia Society was given the name 'Burle Marx' until identified as *B. glaziovii*. A small shrub 2–3 ft (60–90 cm) across, it has

Begonia glaziovii, a sturdy compact plant which is easy to grow

branching stems which bear square-angled leaves 5 in. (13 cm) or more wide, coloured red and green, with a pebbly surface. Bunches of cream-white flowers appear during spring and summer. It is very easy to grow and can soon make a fine specimen plant. It will accept a wide range of light and humidity conditions and temperatures down to 40°F (4°C). Unlike other fibrous-rooted begonias, which can be propagated only by means of stem cuttings, *B. glaziovii* will produce a clump of plantlets from a leaf cutting, treated in the same way as for the rhizomatous begonias (see p.20). There are probably some other begonias with this property, such as *B. listida* and *B. exotica*.

Opposite: *Begonia listida* is a beautiful shrubby species with a plush texture to the leaves

Diseases and pests

DISEASES

Begonias are not prone to many diseases when grown under conditions that suit them and particularly when given plenty of fresh air. Their principal enemies are moulds of one form or another, the most common of these being powdery mildew. This can occur at any time of the year and is identified by the appearance on the leaves, and sometimes also on the stems, of grey-white powdery-looking spots, which spread and increase in number until the leaf finally drops. It is most likely to occur when the temperature is low and the humidity in the atmosphere is high and especially if a plant is starved or in need of repotting. These conditions often arise in an unheated greenhouse in the autumn: night temperatures may still be relatively warm at about 50°F (10°C), but cool enough to create high humidity and condensation of water on the plants after a warm day, particularly if there is insufficient ventilation to allow water vapour to be transpired from the plants during the day.

The treatment of mildew is fairly straightforward these days and consists of regular spraying with a fungicide such as benomyl (Benlate), according to the manufacturers' instructions. I have found that a spray each month throughout the year with Nimrod-T, which contains systemic fungicides, keeps begonias completely free from fungal diseases. Rex begonias, *B. masoniana*, tuberous species and hybrids, cane begonias and winter-flowering begonias are all susceptible to mildew, but fibrous-rooted and dwarf rhizomatous begonias never seem to be infected.

Botrytis is the other fungal growth that might take hold on begonias, evidenced by fluffy grey mould on or in a plant. It occurs under conditions of high humidity, as for mildew, when air circulation is restricted, particularly in a plant that has made a lot of thick growth in the centre and has become very congested. If it is found, the affected parts should be physically removed and the plant moved to an airier position and kept fairy dry, while treatment with a fungicide is carried out in the same way as for

Opposite above: the leaf colouring of 'Cleopatra', a rhizomatous begonia, varies with light intensity
Below: *Begonia bowerae* has been the parent of numerous hybrids known as eyelash begonias

mildew. Since this fungal growth needs high atmospheric humidity, it is not very often met with when begonias are grown as houseplants.

PESTS

Of recent years, vine weevils have become a major pest, not only to begonias, but to almost every type of plant, both indoors and outside. In pots, the larvae can soon destroy a plant by eating the root system and tuber, rhizome or stems, while the adult beetle will eat the leaves. Complete control is very difficult, since the adults can travel freely from the outside garden to the greenhouse or indoors. The incorporation of Lindane or gamma-HCH in the potting compost does act somewhat as a deterrent to the pest. Usually, the first indication that something is wrong is when the plant stops growing in its normally active season. Soon the leaves begin to get limp and droop as if lacking water. If the plant is examined, it may well fall out of its pot when it is picked up and it will be seen that the weevil larvae have eaten most of the plant material below soil level and have burrowed into the tuber, rhizome or stem. If this is the case, the remaining pieces of plant and the compost in the pot must be carefully searched for the white grub-like larvae, which should be removed and destroyed. What is left of the begonia can usually be repotted in fresh compost where it should re-root and grow again.

Tarsonemid mite is the other pest that can affect begonias. The individuals are too small to be seen with the naked eye, but their presence is shown by the appearance of the new leaves, which emerge very distorted, often with a blackened edge, and soon acquire a dry, rusty look, then generally shrivel and drop off when only half-grown. Any leaves that do attain a reasonable size may have shrivelled brown patches on their edges and the undersides marked with dull, rusty brown streaks and patches. These leaves, too, soon become brittle and fall. Don't assume that mites are present, though, if some of the outer leaves on a plant become brown at the edges. This is to be expected on old leaves as they reach the end of their life. Control of this mite is difficult with the insecticides available to amateurs. Four sprays of liquid malathion, at intervals of a week, may be effective, but it is usually better to destroy the affected plant.

Other well-known insects and pests such as whitefly, greenfly, scale insects and slugs do not seem to bother too much with begonias, but should such pests be seen on a plant, a wide range of insecticides is available, such as pirimicarb for greenfly and permethrin for whitefly, with which they are easily eliminated.

A group of mixed begonias: from left to right, a Superba hybrid, *B. angularis* and 'Druryi' at the back; *B. glaziovii*, 'Lucerna Amazon' and two Rex begonias in the middle; and 'Universe', 'Tiger Paws', *B. pustulata argentea* and 'Chumash' in front

Mealy bug may occasionally be found on Rex begonias. This again is easily controlled, by using one of the modern systemic insecticides.

The most common cause of leaf drop, particularly with cane-stemmed begonias, is overwatering, that is to say, keeping the compost constantly wet. Begonias have quite succulent stems and rhizomes and are able to accept dryness at the roots for a time owing to the moisture stored in the plant; provided this has not been so severe as to cause shrivelling of the leaves, water given to the roots will soon enable the plant to replace the water lost in the stems and to revert to its original appearance if it has drooped. The golden rule is to allow begonias to dry out at the roots between waterings.

Above: *Begonia haageana*, a fibrous-rooted species which may reach over 5ft (1·5m) in height
Below: *Begonia albo-picta*, a miniature cane-stemmed species with arching stems

Above: the shrubby *Begonia angularis* should be grown in good light
Below: 'Chantilly Lace', a lovely dwarf rhizomatous hybrid of *B. bowerae*

Useful information

FURTHER READING

F. Bedson, *Successful Begonia Culture*. Collingridge, 1954.
B. Langdon, *The Tuberous Begonia*. Cassell, 1969.
M. L. and E. J. Thompson, *Begonias*. New York Times Books, 1981.

SOCIETIES

National Begonia Society, 3 Gladstone Road, Dorridge, Solihull, West Midlands
American Begonia Society, PO Box 1129, Encinitas, CA 92024–0990, USA

NURSERIES

Blackmore & Langdon, Pensford, Nr Bristol – tuberous begonias.
B. Wall, 4 Selborne Close, New Haw, Weybridge, Surrey KT 15 3RG – begonia species & hybrids.

Seed of Semperflorens and tuberous bedding begonias is available from most leading seedsmen.

Opposite: *Begonia grandis evansiana*, a hardy tuberous species, makes a fine garden plant in southern England

'Fairylight', a large-flowered, double, tuberous begonia of the picotee
type, having a thin edge of colour to the petals